Diu Nibelungenklage

ニーベルンゲンの哀歌

岡崎忠弘　訳

鳥 影 社

ニーベルンゲンの哀歌　目次

翻訳底本の写本Bにはもとより目次はない。読者の便宜をはかるため、本書では主だった事件を項目として掲げ、そのくだりが原本で何行目から始まるかを数字で示す。

『哀歌』の構成

○本編3　使者派遣とディエトリーヒらの旅立ち（2561−4294）

凡例

一　訳文中の〔　〕の語句は原文にはなく、訳者が補足したものである。

二　訳文中の（　）の記号はもともと底本のいずれかにあったものである。

三　一行空きにして設けた段落は、ほぼ底本3に拠ったが、訳者独自の段落もある。

四　〔1-5〕など、区切り末の数字は、原文の行を示している。

五　代名詞等は、文意を明確にするため、多くの場合、それが指すものに言い換える。

プロローグ　歌い起こしの弁　（1–24）

ここに一つの物語が始まります。それは語るに値し、伝えるにふさわしいものでありますが、ただ、すべての人々を嘆かせずにはおきません。〔1–5〕

この話を正しく聞きとる者は、だれであれ、この話を痛々しく嘆き、心に痛みを宿さずにはおられません。それにしても、この話を聞き知る人々がこの話に親しみを感じるようになる、それほどの詩才が、この私に備わっていればいいのですが！〔6–11〕

これはいにしえより真実に基づいて語り継がれてきた話です。この話がお気に召さなくても、これを疎んじず、語りに更に耳を傾けてほしいものです。〔12–16〕

ある詩人が、〔主導して、〕この古くからの話を一巻の書に書き留めさせました。そのおかげで、ブルグントの国の人々がその生涯にわたって誉れに包まれつつ行動したさまが、埋もれることなく、今日でもなお、知られているのであります。〔17–24〕

本編1　『ニーベルンゲンの歌』の出来事の語り直し

（25-586）

王は、名をダンクラートと言い、彼ら勇敢にして誇り高い勇士たちに、また、彼とともに王冠を戴いた高貴な生れのウオテ妃に、その広大な国々を遺《のこ》しました。彼ら三兄弟王は、権勢高い王なら当然所有すべき、あるいは、所有したいと望むものを、すべて十分に有していました。〔２５－３２〕

彼ら三兄弟王には更に、これは確かなことですが、眉目《みめ》麗しい妹がおりました。妹はのちに一人の男性を夫としましたが、これがもととなって、実に多くの有能な武士たちの身に苦難が生じ、更に、夫もその自負心のために自ら死を招くこととなりました。〔３３－３９〕

その後再び彼女はフン族の国の高貴な勇士を夫としました。彼女の舐めさせられた難儀のあとは、この夫とともに、彼女は、輝かしく華やかに、統治の日々を送りました。〔４０－４３〕

あの語りの大家は、この王がいかに権勢揺るぎない王であるか、それを、この話の中に書き留めさせました。その権勢の高さは知れ渡っていました。彼は日々十二人の王を傍らに控えさせていました。これは確かな筋からの話であります。〔４４－５０〕

彼はかくかくたる名声をほしいままにしていました。これほどまでに傑出した男は、異教徒の間でもキリスト教徒の間でも、いまだ知られたことはありませんでした。これを耳にした多くの人々が、彼の国の彼のもとへ駒を進めてやって来ました。彼は名をエッツェルと言いました。〔５１－５６〕

彼の父は名をボテルンクと言い、数々の権力を、死後、息子エッツェルに遺しましたが、この権力をエッツェルは今に至るまで行使していました。エッツェルについては、彼は、彼女の存命中はだれも彼女以上に徳操優れた女性を見出すことができなかったほどの貴婦人を、妻としていた、と私たちに伝えられています。彼女は名をヘルヒェと言いました。〔57–64〕

彼はこの王妃との別離に苦しみました。有無を言わさぬ死が、彼から彼の幸せを奪っていったのです。この後、彼の一族の者たちは、生まれ高貴にして物惜しみを知らぬクリエムヒルト妃を娶《めと》るよう、彼に勧めました。〔65–70〕

これはみなさまにしっかりと伝えられていることですが、クリエムヒルト妃も、高貴な生れのヘルヒェ妃が以前そうしたように、フン族の国を統治していました。けれども、彼女がここではよそ者呼ばわりされていることが、常々彼女を苦しめていました。〔71–75〕

と言うのも、あの苦痛が一日たりとも彼女の心を休ませてくれないからなのです。つまり、彼女の心には、彼女が彼女の喜びを失ってしまったいきさつが、淀んでいたからです。最も血縁の濃い彼女の一族の者たちが、彼女から彼女の愛しい夫を奪ってしまったのです。〔76–81〕

さて、事態は次のような展開となりました。つまり、フン族の国の家臣のすべてがウオテ妃の令嬢に臣従し、しかも、彼らは、かつてヘルヒェ妃になしたとまったく同じように、畏怖《いふ》の念をもって仕えました。〔82–87〕

そこではまた、彼女は、彼女の父の国におけるよりも遥かに多くの女官を控えさせていました。更に彼女は、勇敢な戦士たちから成る大軍勢を擁し、日々行われる騎士の闘技を目にしていました。でも、こんなことは彼女には何の役にも立たず、彼女はいつもただただ目に涙を浮かべているのでありました。〔88–96〕

権力をすっかり掌握してしまうと、彼女は、打ち合わせなど一切せず、愛しい夫ジーフリトの復讐のことを考えるまでになりました。彼女の兄のグンテルとハゲネと兄王の妻が、非道な手口でジーフリトの命を奪ったのです。しかしながら、夫を打ち殺した下手人はハゲネでした。〔97−105〕

武人の手にかかって死ぬなんて、勇士ジーフリトにはふさわしいことではありませんでした。なぜというに、彼は国という国をすべて自らの力で破滅させてしまったのですから。〔106−109〕

彼の死がもとで、彼女の気も心も傷ついてしまいました。人が興じることのできるいかなる喜びごとも、彼女には決して望ましいこととは思われませんでした。彼女はそのような喜びごと一切を諦めました。〔110−114〕

高貴の妃クリエムヒルトは、いかにしばしば、左右いずれの側にも、十名、いな、それ以上の数の王冠を戴いた王たちが控えているのを見出したとはいえ、そんなものはすべて、彼女にとっては、どうでもいい、無に等しいことでありました。〔115−119〕

舅《しゅうと》ジゲムントの息子のジーフリトは、愛の奉仕を尽くして、彼女を次のような気持ちにさせていました、つまり、彼女は、朝な夕な、姑《しゅうとめ》ジゲリントを偲んでは、自分が彼女の息子のジーフリトと喜びと幸せを共にしたことを追想するのでありました。〔120−125〕

彼女の双方の親族とも、あの意志を捨てさせることはまったくできなかったでありましょう。もし彼女が男であり得たならば、彼女は――私はこう理解しているのですが――自らの手で彼女の被った損失を幾重にも復讐したでありましょうに。そんなことは起ころうはずがありませんでした、と言うのも彼女は女でした

から。〔126―133〕
〔だが〕、この苦悶の女性は心に復讐の意志を固めていました。このことは、彼女に災いを与えた者たちにとっては、好ましい結果とはなりませんでした。と言うのも、彼女の復讐は当然の権利だったからです。彼らの所業は、彼女の復讐を受けて当然であったのですから。〔134―138〕

この復讐のことで、だれも彼女を非難してはなりません。もし、真のまことをなせる人が、まことを尽くすことの償いをしなければならないと言うのであれば、まっとうなやり方でまことの意志を実行に移すことなど、人は直ちにやめてしまうでありましょう。〔139―145〕

まことは、次のことに有効であります。まことは男性を高潔にし、美しい女性たちの名声を高め、そのため、彼らの作法も心情も決して恥ずべき行為へ向かうことはありません。〔146―150〕

クリエムヒルト妃の場合がそうであったように、だれ一人として妃のことを、それなりの理由をつけて、あしざまに言う者はいませんでした。この出来事をきちんと判断できる者は、だれでも、彼女はまったく無罪である、と宣するでありましょう。この上なく高貴な生まれにして品位あるこの女性は、ただただ、彼女のまことの心に従って、深い悲痛の中、その復讐をなしたのであります。〔151―158〕

これは、しばしばみなさまに、しっかりと伝えられていることですが、エッツェル王は、大祝宴を開くため、誉れ高い王侯たちを自分の王国へ呼びました。この祝宴で彼は、配下の大勢の勇士を見せて、自分の栄誉を誇示しようと思ったのです。〔159―165〕

その際クリエムヒルト妃は、とても賢く振る舞って、彼女がここで会いたいと願う人たちのただの一人を

もかの地に留まらせないよう、事を進めました。〔166–169〕

この祝宴への旅がいつ行われたのか、その旅の期間がどれくらいだったのか、あるいは、権勢高いエッツェル王が使者を派遣して呼んだ彼らが、どのようにしてこの国へやって来たのか、そういう話については、実際、私は何も知りません。〔170–175〕

威勢よく華やかに、ラインの向こうの王たちはやって来ました。〔もっとも〕このことが彼らにとって、家臣と血縁者をことごとく失う結果となってしまいましたが。彼らがかくも賞賛の声を浴びつつフン族の国へ到着したことを、権勢高いクリエムヒルトが厭うわけがありませんでした。このことで彼女の心が喜びへ向かうのも当然のことでありました。〔176–185〕

グンテルが、また弟のギーゼルヘルが、更にまたゲールノート王がブルグントの国から引き連れて来たほどに、それほどに洗練された、それほどに多くの、高貴な生れの勇士たちを、人々が目にしたことは、いまだ一度もありませんでした。〔186–191〕

〔けれども〕クリエムヒルトの金色の黄金は、彼らはラインの国もとに置いてきました。彼らがかつてあの黄金のことを知ったあのときこそ、いまいましいかぎりです！　彼らは〔全滅することをもって〕彼らが昔犯した罪をあがなったのです、それだけのことです、それ以外は考えられません、そう私は思います。〔192–197〕

声望高く高位の王は、喜んで、彼らのところへ歩み寄りました。一行はエッツェル王によって温かく彼の国へ迎え入れられました。王は友誼を尽くして一行に彼の奉仕を約束しましたが、高貴な生れの王妃クリエムヒルトは、王に、この奉仕を完遂することを許しませんでした。〔198–205〕

神にも訴えたいものです、王妃がこれらブルグントの勇士たちと顔を合わせることになったことを！　このことがもととなって多くの母の子に数々の苦しみが生じたのであります。〔206―209〕

エッツェルの家臣たちは、彼らを迎えるに当たり、とても喜びました。家臣たちは自分らの名声が今や高まったと信じましたが、その名声は、この後これらの国々で、痛々しいまでに衰え滅びてしまいました。〔210―215〕

彼らエッツェル王の家臣たちの最後の審判の日が、今や、彼らのすぐ近くまでやって来ていたのです。彼らが、そこで喜んで会ったブルグントの人々の手にかかって殺されてしまうことになろうとは、それにしても、なんともひどい惨禍でありました。〔216―220〕

権勢高いエッツェル王が、嬉嬉として、またいそいそと、彼らブルグント勢に奉仕することを、どんなに望もうとも、そうなっていれば、彼らの方も当然その奉仕に返礼したでしょうが、ブルグント勢がそれに失敗せざるを得なかったのは、ある古い罪のゆえでありました。〔221―227〕

傲岸不遜のハゲネがあまりにひどくクリエムヒルトの恩顧に逆らった行動に走ったので、妃は、自分の身に加えられたすべてのことに対して今こそ報復をしなければならぬと、その実行を断念することはできませんでした。その結果、この地で武器を担える者は、だれ一人として、生き残れなかったのであります。〔228―235〕

ハゲネ一人が打ち殺される前に、優に四万もの〔エッツェルの〕家臣が死んでしまいました。王妃クリエムヒルトは彼をなんとしても〔ブルグント勢から〕引き離したかったのですが、そのようなことはどうしてもできることではありませんでした。そこで彼女は、事態を流れるままに任せました。と言うのも、ほかには何も〔女として〕彼女にできることはなかったのです。〔女として〕分別が足りず、こういうことになっ

てしまいました。〔236−243〕
死神は、そこで死ぬべき運命にある者たちに心を寄せていました。それにしても彼らとて、喜びを体験できるのであれば、喜びを享受したかったでしょうに。〔244−247〕
さて、この時点で、クリエムヒルトの口に発した計略は、実際あまりにしっかりと、勝利を手中にしていたので、そのときにはもう彼ら〔関与者一同〕はこの計略から逃れ出ることはできませんでした。〔248−253〕
このことがもととなって、エッツェルは、死は別として、王たる者がかつてその身に被ったうちで最悪の苦しみを受けました。彼の妻のせいでそうなったのです。〔254−258〕
彼女は事態をそんな風にしようとは意図していませんでした。彼女は、事を企み始めたとき、あの男一人だけが命を失う羽目になるよう、事を運びたかったのです。〔259−263〕
そうなっていたら、妃の苦しみも怒りも、それですっかり消えてしまっていたでしょうに。そうなっていれば、もちろん、あのとき、悪いことは一切だれにも加えられなかったでしょうに。けれども、ハゲネがこの地へお供してきた彼の主君たちは、彼が殺されるのを容認しようとはしませんでした。〔264−269〕
そのため、彼らが戦闘に突入したあのとき、彼ら全員から、一緒に、命が奪い取られることとなりました。この地の者からも客人からも、身分の低い者からも最高位の人々からも、キリスト教徒からも異教徒からも、味方からも敵からも、主人たちからも従僕たちからも。〔270−277〕
彼らは、遠くからやって来た者も近くからやって来た者も、それぞれ、自分の親戚知友が自分の前に死んで横たわっているのを目にしたとき、全員、戦闘を開始したのであります。〔278−281〕

それにしても、こんなことはまったく起こる必要などなかったのです。このことは容易に防ぐことができたでありましょう。もし人がエッツェルに最初に正しい情報を知らせていたならば、王はこのひどい災厄をいとも簡単に防いでしまったでしょうに。〔282–287〕

ブルグントの国からやって来た人々は、彼らの高慢心から、それを放っておきました。一方、クリエムヒルトも、抜け目なく、エッツェルがそのことについて何も気づかないようにと、気配りしました。こういうわけで、王はあの痛手を被ることとなったのです。王はその後痛手から立ち直ることはできませんでした。〔288–294〕

これらすべてを、つまり、彼らフン族のうちどれほどの人が命を奪われたのか、また、心痛のために、生きていることが、彼ら全員にとって、いかに耐えられなくなったかを、書き留めるようにと命が下されました。〔295–299〕

実際、彼らフン族たちは、自分らの胆汁と心臓の急き立てに従わざるを得ませんでした。すなわち、彼らは、誇り高いライン・フランケン人たちに対して激しく怒りました。その怒りのさまは、まるで、名高きエッツェル王がそのことで彼らに感謝して然るべきである、というほどに激しいものでありました。ただ、それが王の望みであったならばのことですが。ところが、それは王にとっては苦しみであったのでした。〔300–307〕

彼らブルグント勢すべてに対して、死すべき日が刻々と迫っていました。主人のエッツェル王がいかに手厚く彼らをもてなそうと、そんなことは何の役にも立ち得ませんでした。彼らの近くに座り、心弾ませながら彼らと並んで歩を進め、彼らを以前温かく迎え入れたフン族の人々が、この後、彼らブルグント勢ととも

に死んでいったのです。これはすべての災厄のうちで最悪の災厄でありました。〔３０８―３１６〕

かくも多くの勇士が、しかも一人の女の怒りのために、殺されてしまったことを、人々は前代未聞のこととしていつまでも語り継ぐことでありましょう。ディエトリーヒ王と勇敢なヒルデブラントが一緒にこの国へ連れて来ていた、常に勇猛果敢な選り抜きの戦士たち、これらの戦士の六百名がここで戦死してしまいました。〔３１７―３２５〕

彼らアーメルンゲン勢が、軍勢のぶっつかり合う他の場所での激しい戦闘では、常々、いかに雄々しく、見事に、防戦してきたとはいえ、ここでは敵味方、双方ともに、その勇猛さのおかげをこうむることはまったくありませんでした。〔３２６―３３０〕

この戦場で弟王ブレーデルは彼の部下のうち最高最強の三千名を失ってしまいました。彼は、卑劣にも、ある一人の女性の指図を受けて、事を起こしたのでした。彼の命も彼の武人の誉れも、こうして彼女との約束を実行しているなかで、失われてしまいました。〔３３１―３３７〕

彼に妻として与えると誓われたあの女性、その女性の寵を得ようと、彼は奉仕を尽くしました。尽くし上げた挙句、彼は真っ先にこの約束の責任を取って命を失わなければなりませんでした。と言うのも、ブルグント国の人々は、その戦い振りに関し名誉が認められるほどに、実に激しく防戦したからです。〔３３８―３４４〕

ポーランド出身の王のヘルマン公とワラキア人たちのジゲヘールが、進んで、高貴な生れのクリエムヒルトの苦しみの復讐をなしました。彼らは誇り高い騎士二千騎をこの度の祝宴へ引き連れて来ていました。こ

れらの騎士たちは、後に、生まれ高貴な客人たちのブルグントの軍勢によって、全滅させられてしまいました。〔345–353〕
トルコからは自由身分の貴族のワルベルが、ギリシアの国を通り、部下千二百名を従えて、この祝宴へやって来ていました。彼らのうちのいかに多くの者がギリシア出身だったとはいえ、また、彼らがいかに多くのクリエムヒルトの黄金やエッツェルの報酬を貰ったとはいえ、彼らもみな死んで戦場に留まらざるを得ませんでした。〔354–362〕
彼らは、エッツェル王と王妃に猛烈に奉仕しましたが、後に、彼らの多くの子供たちからひどく泣かれることとなりました。彼らは名声を得ようと思ったのですが、死以外の何物も得ることはなかったのです。甚大な損失を与えた災厄の方が彼らに対し勝利をおさめてしまったのです。〔363–369〕
〔また、〕権勢高いエッツェル王のもとに亡命を求めてやって来ていた人々も、身命をなげうって、王に奉仕したのでありました。〔370–372〕
彼らのうちから三名の名をみなさまに挙げましょう。いかなる国であれ、その国に、かの有名なイルンフリト、ハーワルト、イーリンク以上に勇敢なる者が、存在するなんてことはありませんでした。〔373–377〕
これら勇士たちは、——私はこう聞いておりますが——由々しい罪の故に国外追放になってしまうという境遇にありました。それでも、できれば彼らに再び神聖ローマ帝国の皇帝の恩顧を受けさせたいと、のちにしばしば思案がめぐらされましたが、やはり彼らはその生涯の終わりまで罪が許されることはありませんでした。〔378–385〕

〔ところが〕エッツェル王が、気前よく手を差し延べて、彼らをしかと取り立て、今や彼らは、朝に夕べに、エッツェル王の望むことは何であれ、それを果たすまでになったのです。美しいクリエムヒルトの苦しみの復讐をすることとなったとき、彼らはそうしようとやる気満々でした。〔386‐392〕

私も聞き及んでいますが、どこから彼らがこのフン族のもとへやって来たのか、それが語り継がれていません。広く名の知られた勇士イルンフリトは、テューリンゲンを立ち去りましたが、かつてはこの地方の方伯でありました。〔また、〕皇帝がハーワルトを追放したとき、この勇猛な勇士は、デネマルクの統治者でありました。〔393‐400〕

選り抜きの武士のイーリンクは、ロートリンゲンの生まれであり、強く勇敢な戦士でした。ハーワルトは、イーリンクに多くの贈物を与えて、彼の家臣としました。このように話は私たちに伝わっております。彼らは、三千三百名の家来を選り抜き、一緒にこのエッツェルの国へ連れて来ました。〔401‐409〕

彼らのうちの実に多くの者が、いつまでも人々の語り草となるほどの多くの者が、フォルケールの手にかかって、この度の戦闘で、打ち殺されてしまいました。この名だたる勇士のヴァイオリン弾きの名手は、また、強力なイルンフリトをも戦闘で華々しく討ち取りました。〔410‐416〕

一方、トロネゲの勇士〔ハゲネ〕は、勇敢にして選り抜きのロートリンゲン出身のイーリンクを討ちました。イーリンクは、自分以上に勇敢な者をあらしめてなるものか、という野望を常々抱いていました。〔417‐421〕

ところが、イーリンクが打ち殺そうと願った勇士の方が、彼に完璧な報いをお返ししてしまったのです。この勇士ハゲネは、この後の悪戦苦闘を、高貴な客人たちの中にあって最後の一人になるまで、戦い抜いたのでした。〔422‐426〕

ハーワルトを討ったのは、ダンクワルトでした。その闘志がいかなる苦境にあっても決して出し惜しみされることのなかったあのダンクワルトが、彼を討ったのです。死神がそもそも敢えてダンクワルトに立ち向かっていったことに、私は驚いています。何となれば、ダンクワルトは、人々が話の種にしていることを、つまり、彼と同様に勇敢な者たちがたとえ十二人がかりでなしたとしても、それは前代未聞のことと認めざるを得ないほどのことを、彼は〔一人で〕成し遂げたのですから。〔427-436〕

どこからここへやって来た者であれ、また、この領国のどこで指令を受けて呼び出された者であれ、彼らはみな、ブルグント人たちの手にかかって死ぬべく生まれついていていました。〔437-441〕

これら領民のあまりにも多くがゲールノートの手によって失われたので、彼の闘志がいかに凄いものであるか、という話が、三十の王国の隅々までしっかりと知れ渡りました。ゲールノートは、高位の辺境伯のリュエデゲールをも、相まみえた戦場で、討ち果たしました。〔442-449〕

見れば、権勢高いリュエデゲールも、勇敢に振る舞い、実に見事に、剛勇のゲールノートを討ち果たしました。彼らの親族や家臣の多くが、双方とも、そこで死んでいきました。〔450-455〕

リュエデゲールは堂々たる騎士五百騎を一緒に連れて来ていました。彼らベヒェラーレン勢が権勢高いエッツェル王に戦果をもたらしたことが、これまでいかにしばしばあったとはいえ、戦闘へ突入するや、彼らのうち一人として、もはや生き延びる者はありませんでした。〔456-461〕

ブルグント国の勇士らが彼らを散々に叩きのめしてしまったのです。そのため、〔兜や盾の〕鋼の留め金が、剣に打たれて、くるくると舞いながら飛び散っていきました。〔462-465〕

ベヒェラーレン勢がそこで屈服させてやろうとしたブルグントの勇士らは、猛烈に防戦しました。高貴な王のギーゼルヘルは、まさにこのとき、リュエデゲールの傷口から熱い血潮が小川となって流れ出ているのを、見たくはありませんでしたが、目にしてしまいました。〔466−472〕

エッツェルのところへやって来た彼らブルグント勢がこのフン族の宮廷への旅がもととなって被った、いかなる損失が見出されようとも、ギーゼルヘルの死をだれ一人として防止できなかったことこそ、最大の惨禍でありました。彼は、クリエムヒルトの夫ジーフリト〔の死〕に関しては、謀議の点でも実行の点でも、一切、罪はなかったのです。〔473−482〕

人々はゲールノートのことも嘆きました。リュエデゲールの手に討たれ、そこで死に果てている彼の姿が見られました。この最後のときに至るまで多くの日々を栄誉に包まれて生きてきた、このブルグント国の勇士は、そこにまことに痛々しい姿で横たわっていました。神はゲールノートに、彼が罪を背負ったまま生き続けることを、お許しにはなりませんでした。〔483−491〕

グンテルは、自分の妹の好意を得ることができませんでした。彼は、妹の最初の夫のジーフリトが死なねばならぬように、実際に謀ったのです。そのため彼は後に妹からそれだけ激しい憎しみを受けました。そこでは損失と恥辱の両方が生じることとなってしまいました。〔492−499〕

更に悲しいことに、彼女の息子〔オルトリエプ〕が殺害されるということまで起きてしまいました。当然このことの復讐をなす義務があり、また、権勢揺るぎないエッツェルへの奉仕にも励まんとする〔フン族の〕人々は、この殺害を甘受しようとはしませんでした。復讐戦は惨憺たる展開を見せることとなりました。〔500−506〕

王妃クリエムヒルト自身の身にそこで死が降りかかるなんてことを、どうして人々は信じることができたでありましょうか。〔でも、〕この苦しみとこの痛みを引き起こしたのは、彼女自身の口でありました。今や彼女は、できればまだ生き延びたかった人たちと一緒に、死を知ることとなったのでした。〔507–513〕

彼ら〔エッツェルの家臣たち〕は、復讐をなしたが、その上、できれば自分自身の命の支配者でありたかったのですが、残念ながら、彼らが更に生き延びることなどあり得ませんでした。彼らのうち一人として生き延びることはできませんでした。〔514–518〕

いかに多くの心痛事がこれまでに見られてきたとはいえ、老ヒルデブラントが激しい心の怒りにまかせて、エッツェル王がそれと見て取るまえに、高貴な生れの王妃を打ち殺したとき、このときはじめてすべての人々の間に悲嘆のどよめきが起こりました。悲痛はここに極まりました。〔519–527〕

数々の女性たちは、喜びを終わりとさせられました。乙女であれ婦人であれ、彼女の愉悦はその身から消え去っていかざるを得ませんでした。権勢揺るぎなかった王のエッツェルが、今は、悲嘆に打ちひしがれて佇んでいる姿が見られました。〔528–533〕

今や、そこで為されるべきことは、すべて為されました。そこで敢えて武器を手に取った者のうち、だれ一人として、生き延びた者はいなかったのですから。彼らは、みな、討たれて横たわり、死んで血だまりの中へ倒れていきました。〔534–539〕

そのため、喜びに満ちた人生を確信していた人々の胸は、悲しみで重くふさがってしまいました。神が彼らに苦悩をお与えになったのです。なにしろ、人々は、夜も昼も、泣くことと嘆くことのほかは、何一つすることはなかったのですから。〔540–545〕

この大惨事が生じたあの時点を、また、クリエムヒルトがかつて高貴な生れのジーフリトの姿を目に留めたことを、人々がいまいましく思うのも当然でしょう。〔あのときこそ呪わしい。〕このことがもととなって数々の美しい女性たちは愛しい人から引き離されてしまったのです。〔546–551〕

異教徒と呼ばれようと、また、キリスト教徒と呼ばれようと、いずれの身にも、彼女一人の企てのために、大変な苦しみが加えられたのです、だから、男女ともども、次のような話を信じたくなるでありましょう、つまり、彼女は、あのような罪があるのだから、地獄の苦しみを受け、また、彼女は神の恩寵からあれほど隔たった行動をしたのだから、われらの主なる神は彼女の魂を欲せられなかった、という話を。〔552–563〕

これが真実である、と証明などしようとする者は、地獄へ行かねばならないでしょう。しかし私なら、私が使者となってこのような話を確かめに地獄へ赴くことなど、きっぱりとお断りさせるでしょう。〔564–568〕

この書の原作者が以前次のように語っていました、不誠実は誠実な人を苦しめる、と。彼女クリエムヒルトは、誠実さゆえに死んでしまったのですから、神の恩寵を受けて天国で末永く生きることでありましょう。神は私たちみなに、誠実を尽くして最期を迎えた者は、だれであれ、その者は天国にふさわしい、とお約束なさいました。〔569–576〕

真実を保証する聖書が私たちに告げ知らせております、憎しみから他人を罪ありとする者は、だれであれ、神の御前で罪を犯すことになるのだ、と。神がそのような者をどうなさるおつもりでいらっしゃるのか、それをその者は、どうして知ることができるでしょうか。〔577–581〕

私たちみなに報いが下される最後の審判の日に、神が自分に恩寵《おんちょう》を与えてくださる、そんなことを自分は必要としないほどに、それほどに自分は善良であり、また、それほどにすっかり罪から逃れられているなど と、だれ一人思ってはなりませぬ！〔582−586〕

本編2　『ニーベルンゲンの歌』の出来事の後の展開

（587－2560）

大広間が、戦闘のため中へ突入していたすべての戦士たちの上へ、崩れ落ちてしまったのです。客人たちの招待者にとって、その後の日々は、苦しみと悲しみのうちに過ぎて行きました。主人エッツェルの高い賞賛も名誉も、ふたつとも、地に堕《お》ちてしまいました。〔587－593〕

ため息をついているうちに、王エッツェルの心に、悲嘆に満ちた痛みが、しっかりと住み着いてしまいました。王の身は、かつては、数々の栄誉に包まれていましたが、彼の明るい日は、今や、曇ってしまいました。王からは喜びが消え失せてしまったのです。彼の太陽は、もはや、彼に光を注ごうとはしなかったのだ、と私は思います。〔594－601〕

本来なら当然彼の心の中に宿っているはずの喜び、この喜びなしで、彼は、今は、生き長らえていかなければなりませんでした。と言うのも、今、王の目に入るものといえば、幾筋もの血の小川以外、何もなかったのですから。その血の小川は、深手の傷口から流れ出て、たちまちのうちに王から喜びを奪い去ってしまいました。〔602－609〕

うち眺めて心地よくなるものは、彼の視界から出て行ってしまいました。彼は身辺に喜びをまったく見出さない、そういう事態が、死のせいで、起こってしまいました。〔610－613〕

彼は、後にも先にも二度と王たる者の身に起こったことがないほどにとても激しく、両の手をよじり、頭を締めつけるのでした。〔614－617〕

王は苦しみと不幸に見舞われ、そのため、彼の挙動の異常さが人目を引くまでになりました。人々は、エッツェルの姿を見て、いかなる者によっても、真実、これほどまでに悲痛の思いを込めて嘆きがなされる

ことは、もう二度とないであろう、と認めざるを得ませんでした。〔618–623〕
なんと声高く彼は嘆き始めたことでありましょう！　まるで野牛の角笛を聞くかのように、声が、高い家柄の生れの高貴な王の口から、とどろき渡り、このとき、王の悲痛な嘆きはあまりに激しく、その声で塔も宮殿もうち震えるのでありました。〔624–631〕
以前は、ごくわずかとはいえ、喜びがまだ残っていましたが、今ではもうその喜びもいよいよ尽きそうになってきました。王は分別を狂わせ、このような嘆きぶりが自分にとって恥なのかどうかも、この時点では、彼には分からなくなってしまいました。〔632–637〕
このとき、数々の高貴な生まれの遺児たちが、彼の苦悩をともに嘆いて、彼を助けてくれました。みなさまが尋常ならざる話を聞きたいとお望みなら、この嘆きの分別の無さに注目なさいませ。この世でかつて何が嘆かれたとはいえ、これまでの嘆きはすべて無きに等しいものとなりました。〔638–643〕
このときエッツェル王の傍らで泣いているのが見られたほどに、それほどに数多くの優れた母の子らが嘆いたことは、これまで一度としてありませんでした。多くの乙女たちは、激しく手をよじり、指の骨が折れてしまいました。そこで口から出る言葉は、ただただ「ああ」と「悲しいことよ」のみでありました。〔644–651〕
王の泣き叫ぶ声がどんなに高かろうとも、〔それに劣らず〕貴婦人たちもみな、一緒になって、泣きわめくのでした。ある人の心に苦しみが寄るところでは、他の人は自分の喜びをその人の傍らでは捨て去るのが、今日でもなお人々の習いですが、同じように、そこでは喜びは捨てられたのでありました。〔652–657〕
領民は、節度もなく悲嘆の声をますます大きくしました。多くの乙女たちがひどく嘆き悲しんでいるのが見られましたが、彼女らの手の骨は音を立てて折れてしまいました。〔658–662〕

周辺の住民たちは、どのような事態が起こったのか、そのうわさを聞きつけると、涙にかきくれつつ急いで駆けつけて来ました。物見高い者もあれば、打ち嘆く人もあり、また、武具を掠《かす》め取るためにやって来た者もあれば、親戚の仇を討つためにやって来た者もありました。〔６６３―６６９〕

そこでは、打ち殺したり刺し殺したり、そんなことはもはや一切必要ありませんでした。味方の者たちは、人々が戦闘せずとも、敵の軍勢とともに死んでしまっていました。領民には、ぐずぐずせずにさっさと死者たちを片づけるよう、きっぱりと命令が下されました。〔６７０―６７６〕

人々は、先ず、ここ広間の外で見出された戦死者たちを運び去って、広間へ至る通路を、全面、開きました。これらは、フォルケールとハゲネに打ち殺されたのです。これらの戦死者たちを館から遥か遠くへ運び去らせましたので、だれもが広間へ辿り着けるようになりました。〔６７７―６８５〕

死が、彼ら〔つまり、なおそこで生き延びた人々〕から、彼らの喜びの大半を奪い去ってしまったので、――彼らのうちのどの人の親戚もこの度の戦いに参加していたのですが――今は、生き延びた彼らも、死んだ親戚らと一緒に死んでしまいたかったことでありましょう。〔６８６―６９１〕

見れば、数々の血染めの鎖鎧が傷口から引き離され、穴だらけの数々の兜が、緒をほどいては、戦死者たちから脱がされていました。彼らの武具はすべて血にぬれて赤く染まっていました。彼らの傍らには、多くの見事な盾が切り刻まれて横たわっているのが見られました。〔６９２―６９９〕

そこから運び出された、高貴な生れにして優れた死者たち、これらの死者たちの、数のあまりの多さに、これを耳にした人すべてが、この国中のどこかにいささかでも喜びがその身にふさわしい者がいるであろうか、との深い疑念に取りつかれるのでありました。〔７００―７０５〕

人々が何を語ろうとも、そんなものが勇敢な戦士たちの心を煩わすことなど一切ありませんでした〔勇士らは死んでいるので〕。多くの乙女たちは、ひどく苦しんで、頭から髪をむしり取るのでした。恋人や妻たちが、多数、声を張り上げ泣き叫びながら、そちら死者たちのところへ走って行き、その裳裾を死者の傷から出た血で赤く染めるのでした。〔706–713〕

身分の低い者も高位の者も死んでともに横たわり、血の雨が彼ら全員をぬらしていました。これら死んだ戦士たちの傷に涙することをなおざりにする女があれば、その女の心情は、女性にふさわしいものではありませんでした。〔714–721〕

勇敢な勇士のヒルデブラントは、声高に叫ぶ声を耳にしました。廷臣たちが激しく悲嘆の声を上げるのを、彼は聞きました。美しいウオテの子らのうちの一人がここ広間の前に死んで横たわっていたのです。その子の傷がもととなって、これは本当の話ですが、美しい目から涙がどっと流れ落ちるのでした。〔722–730〕

それはあの王妃でした。王妃が先にブルグントの国のハゲネを討って死に至らしめたので、ヒルデブラントが彼女を、まったく意味もなく、打ち殺したのです。〔731–735〕

ハゲネは、本人自ら、驚くべきことを実に数々やってのけたので、一人の女の手にかかって死ぬ羽目となりましたが、どういう経緯でそういう事態に至ったのかについては、それゆえ〔つまり、女が男の勇士を討ったのだから〕、言いたいことは、今でもなお、たっぷりとありましょう。〔736–741〕

それでも、人々は、思い惑わされることなく、それ〔つまり、世人の主張〕は偽りである、と語っています。実は、ディエトリーヒ王がハゲネを取り押さえ、この名高い勇士は縄目にかけられてしまった、というのが真相なのです。そこで、王の妻が自分の手でハゲネに剣の一撃を振り下ろしたのです。そのために王妃

もその命を、ヒルデブラントによって、いわれもなく、失ってしまいました。〔742―751〕
人々は王妃の死を嘆きましたが、本当に、これは当然至極のことでありました。騎士や騎士見習いたちがそうしたのも、正当なことでありました。エッツェルの国全土で見出し得る人という人は、みな、悲痛の思いで胸がふさがってしまったのであります。〔752―758〕

さて今、ディエトリーヒ王が、悲愴な思いで、クリエムヒルトの横たわっているところへやって来ました。彼は直ちに人々に、そんなに泣くのは、お願いだ、どうかやめてほしい、と頼みました。人々は、幾度もそうする旨、王に約束しましたが、それでもやはり泣きやむことはありませんでした。〔759―765〕
人々が目撃し、また、人々の眼前で起こったこの出来事は、あまりにも想像を絶したものだったので、そこではだれ一人としてこんなときに喜びを感じることなどできませんでした。〔766―770〕
そこで、ディエトリーヒ王が語りました、「わしは実際これまでの生涯で権勢高い王族に多く出会ってきたが、それでも、わしはまだ一度も、そなた以上に美しい女性のことが話題になるのを、耳にしたことはなかった。ああ、こんなにも早くそなたの身に死が来てしまうとは！〔771―777〕
そなたの企みがわが最良の一族全員を奪ってしまったのではあるが、わしは、悲痛を胸に、そなたの身とわが身とを打ち嘆かざるを得ないのだ。本当に、わしは、実に深い傷心を抱きながら嘆いており、そなたにそなたのまことの償いをさせるつもりなどない。〔778―785〕
そなたは、わしがかつてそなたにお願いしたことは、何一つ、拒みはしなかった。妃よ、今や、わしの方が奉仕してそのことに応《こた》える時機となったが、そなたが死んだ今となっては、わしがどんな奉仕をしようとも、それでわしの気分が晴れることは決してないであろう」〔786―791〕

そこで勇敢な武人のディエトリーヒは、さっと事に取りかかり、そこに居合わせた人々に、王妃を直ちに担架に乗せるようにと命じました。〔792–794〕

王妃は担架の上に横たえられましたが、それより先に、ディエトリーヒ王が彼女の首を彼女の体のところへ運んでおきました。そのとき、自らの手で王妃を打ち殺したヒルデブラントが嘆く声が聞かれました。〔795–799〕

続いてフン族の国のエッツェル王がやって来ましたが、王は全身これ心痛に包まれ、その姿は心痛そのもの、その身には心痛こそ似つかわしい様子でありました。だれもが、苦しみのあまり、エッツェル王とともに嘆かずにはおれませんでした。〔800–805〕

王はわが身に降りかかった甚大な災禍をののしり始めました。何となれば、今や、あり余るほどの不幸が彼のものとなってしまったのですから。エッツェル王は、生涯にわたっていつも偽りのない言葉を口にしていた女性の、つまり、彼の高潔な王妃の胸に、くず折れました。〔806–813〕

エッツェル王は王妃の白い手に接吻し、哀惜の念に堪えず切々と嘆くのでした。このときになってはじめて、ディエトリーヒがエッツェル王に本当の事の次第を報告しました。〔814–817〕

「ああ、この苦しみよ！」と高貴な生れのエッツェル王は言いました、「哀れな男よ、このわしは。どうしてわしは、息子と妻を、二人とも、失うことになったのだ。それに加えて、わが高貴な一族の多くの声望高い男の子たちを、更には、生あるかぎり高い誉れをほしいままにしていた、妻の親族たちに関わるわが目の楽しみを、どうしてわしは失ってしまったのだ。〔818–827〕

どういうわけで、惨めなわしは、これほどに深い悲しみに突き落とされてしまったのだ。もしわしが、妻の高貴な身に備わるまったきまことを、はっきりと知っていたならば、妻を失うくらいなら、むしろ、わしは妻を引き連れて、わが領国全土を打ち捨て、立ち去っていたろうに。妻以上に誠実な女性は、決して二度と、いかなる母からも生れることはなかった。〔828－835〕

ああ、痛ましいかな、高貴な王侯たちよ、グンテルにその弟たちよ、身分高きわが武士たちよ、わが弟にわが一族の者たちよ、彼らは、死神の待ち伏せに前代未聞の手口で捕らえられてしまった。〔836－841〕

どうしてわしはこの先、さまざまな国からわしの祝宴へ呼び寄せた優秀な勇士たちのことを、嘆きやめることができよう。それに加えて、わしのすべての家臣たちのことを！　キリスト教徒もおり、異教徒もいたが、その全員の名をいちいち挙げることはとてもできないけれども、彼らのおかげでわしの名声はかつては著しく高まったのだ」〔842－849〕

こう嘆いたあと、エッツェルは、まるで眠りに落ちるかのように、地面に倒れこんでしまいました。そのことで、ベルネのディエトリーヒは言いました、「あなた様は、賢明な人たるあなた様にふさわしくない振る舞いをなさっています。なんらあなた様の役に立ちもしないそのようなことは、およしなさいませ。これが私の勧めです」〔854－857〕

「もはやぐずぐずしないで」と雄々しい武人ディエトリーヒは言いました、「あなた様の幼い息子をその母のところへ運ばせなさいませ」。遣わされた人たちが広間の中へ入って行きました。そこに彼らは、深い傷を受けて首を失くし、血溜りの中に横たわっているオルトリエプを見出したのでした。〔858－865〕

ああ、なんと痛ましいことでしょう、エッツェルは、息子を殺され、輝かしい栄光への道を失ってしまいました！　王たる者がこれほどまでの苦しみを身に受けることは、今後二度と、ないでありましょう。君主たるエッツェルは、また、弟のブレーデルの死のことにも思いを寄せました。王は、死んだ弟をこれら二人のところへ運ばせました。〔866–873〕

彼ら、エッツェル王の戦死した戦士たちは、異教徒ではあったが、それでも彼らに同情を禁じ得ませんでした。人々は、あちらでもこちらでも、嘆き、泣き叫んでいました。高貴な女性たちは、幾度も胸を激しく打ち叩いて嘆き、数々の愛らしい乙女たちは、深い心痛に見舞われ、愛の喜びから引き離されてしまいました。〔874–882〕

遣わされた者たちは王の命令をしかと心得ていました。彼らがブレーデルを運んできて、王が自分の目で弟の姿を見ると、ボテルンクの息子のエッツェルは語り始めました。〔883–886〕

「ああ、悲しいことよ、わが愛しき弟よ、わしの領国もお前の領国も、今や、人影が絶えてしまった。わしらの国々ではもう戦いに向かう将兵の姿はまったく見られない。〔887–891〕

愛しき弟よ、お前はわしに対しまずいことをしてくれたものよ。どうしてわしに信じられようか、お前があんなことをしでかすなんて！　つまり、お前が、最優秀の武人であるわしの客人たちを怒らせ、そのため、彼らが、勇敢な名だたる勇士のお前を打ち殺してしまうなんて！〔892–899〕

わしは、まさにあの勇士たちのことこそ、嘆かざるを得ないのだ。何となれば、わしが彼らの国へ、わしに会いに来てほしいと、使者を派遣したのだから。誠実をもって受け入れられることを、また、わしに対して誠実を尽くすことを願ったブルグント勢を、人々は生かしておくべきであったし、また、彼らをそっとし

ておくべきであったのに。〔９００―９０７〕

常に戦闘能力の高いあの勇士たちは、戦闘をせざるを得ないところまで追い詰められた以上、自己防衛する以外、いったい、どのように行動すべきであったと言うのであろうか。〔９０８―９１１〕

彼らブルグント勢はあのことをわしに黙っていたが、それは彼らの高慢心からきたことなのだ。〔告げられていたら、〕わしは、ここで事件が起こることを、きちんと防いだであろうに。〔９１２―９１５〕

名だたる勇士の弟よ、お前も彼らブルグント勢を容赦しておけば、それが至当なことであったろうに。高貴な生まれの妻は彼らに対して昔からの怒りを抱いていたけれども、それが何だと言うのだ。お前は、こんなことに、名誉と命を賭けるべきではなかったのだ。〔９１６―９２１〕

ハゲネが妻に何をしたか、そのことについては、わしはよく承知している。しかし、妻がわしにとってどんなに愛しいとはいえ、それでも、わしはハゲネを決して打ち殺しはしなかったであろう。ハゲネが、わしのいるところで、千日にわたって眠っていたとしても、わしはわしの剣を彼に向かって抜くことは決してなかったであろう。〔９２２―９２９〕

弟よ、今やお前はお前の実に愚かしい心に欺かれてしまったのだ」と高貴な王は言いました、「ああ、悲しいかな、わしがこの世に生れたことが！　ああ、なんとたくさんの頼みの綱を、わしは、彼らブルグント勢において、また、わしの家臣たちにおいて、失ってしまったことか！〔９３０―９３５〕

グンテルは、彼の家臣たちとともに、進んで手を差し延べて、わしがそうしてほしいと願ったことすべてにおいて、わしを援助してくれたであろうに。王たる者が秀抜の武士たちに望み得るものは、何であれ、わしは彼らからしかと与えられていたであろうに。〔９３６―９４２〕

今は、残念なことに、そのようなことは何一つとして起こることはなかった。ああ、悲しいかな、だれ一人としてわしに、彼らの妹のクリエムヒルトが彼らに激しい敵意を抱いているという、正しい情報を伝えようとしなかったとは！〔943‐947〕

わしの損害も恥辱も、二つとも、とてつもなく大きく、わしにとってこれまで生きることがいとわしく思われたことなど一度もなかったけれども、今はとてもいとわしく、わしはもう一日たりとも生き長らえたくない。何となれば、神がこのわし身に神罰をお下しになったのだから。〔948‐955〕

今や、神の御力に屈服させられた者たちが、捕らえられて横たわっている。わしは常々、神など畏れるに及ばないし畏れもせぬぞと、畏怖の念から逃れたいと望んできた。〔956‐960〕

しかしながら、今は、力強きお方の御意向があまりにも激しい怒りとなって示されたがゆえに、わしは、わしの邪神たちを呪わしく思う。マホメットとマハツェンが今までかくも長い間存続せしめたあの大いなる栄光は、今や、どこに行ってしまったのだ。〔961‐966〕

わしが馬を駆って追い着けたものは、何であれ、わしの全盛期には、それはことごとく、わしによって完全に屈服させられたものだ。〔967‐969〕

異教徒のわしに生を与えられ、更にはユダヤ教徒とキリスト教徒たちに、神の叡智でもって、光の昼を出現せしめられたお方は、その天使たちとともに、このわしをも、まるでわしが神のものであるかのように、心にかけてくださった。〔970‐975〕

今やわしのこの苦しみがわしに勧めてくれた、神が今なおわしのことをお心にかけてくださり、わしがそうするのをお助けくださるおつもりなら、わしは再び改宗すべきだ、と。〔976‐979〕

神はそうしてくださらないのではと、今わしは恐れる。何となれば、わしは以前、神を実際に欺いたのだから。わしは、わしの邪神たちに仕向けられて、神の強大な神性を否定し、そしてキリスト教を捨てたのだ。

これは疑いもなく本当のことであるが、わしは優に五年の間キリスト教徒であったのだ。けれどもその後、邪神らが、わしを再び背教者にし、以前と同じように彼らに臣従するように仕向けたのだ。〔980-984〕

たとえ今わしがキリスト教徒の生活と正しい信仰を受け入れようと望んだとしても、そんなことはもう二度とわしに許し与えられることはないであろう。何となれば、わしは畏れもせずにとても激しく神に背いたので、不幸なことに、神はわしなど一切欲せられないのだから。〔985-989〕

わしが一人で耐えているこの心の重荷は、王が千人がかりで担ったとしても難儀するであろう。神が、最高の天空より最低の奈落まで、お望みのままにすべてを、支配し給うていることが、わしにはよく分かった。〔990-995〕

わしは、当然お仕えすべきあのお方の御前に進み出るなどという望みは、いささかも抱いていない。この苦しみが、喜びとすべての高揚した気持ちを奪ってしまった。今は、ここに死んで横たわっている人々とともに死んでしまうことほどに好ましいことは何一つとしてないと、わしには思われるのだが」〔996-1001〕

エッツェル王はため息をつきました。彼にしてみれば、これもやむを得ぬことでありました。王は更に声を張り上げて泣き叫ぶのでした。これが、ベルネの王のディエトリーヒには辛く、彼はそれを聞くに堪えられませんでした。〔1002-1007〕

ディエトリーヒは武の師ヒルデブラントを引き連れて、エッツェル王のいるところへ向かいました。王の姿を認めると、彼は、まるで自分の身に悪いことは何一つ起こらなかった人のように、語りかけるのでした。〔1008-1012〕

「ああ、あなた様のその様子が国中に知れ渡ったら、これは由々しいことになりますぞ! あなた様は、手をよじり、まるで節度を忘れ、身を焦がしつつ、愛しい人を恋慕している女々しい女のように、茫然と立ち尽くしていらっしゃる。〔1018−1023〕

あなた様が男らしくない振る舞いをなさるとは、私どもにはまったく馴染めぬことでございます。生れ高貴にして秀でたる王よ、今はあなた様がこの哀れなディエトリーヒを、友として、元気づけてくださるべきでございます」〔1024−1028〕

エッツェル王は言いました、「どうしてわしが励ましなど与えられようか。実際わしは、わしがかつてこの世で獲得したものを、ことごとく失ってしまったのだ。今なおあるのは命だけだが、でも、もはやまっとうな判断力はない。神の憎悪がこのわしを情け容赦もなく打ちのめしてしまったのじゃ。〔1029−1035〕

わしは、わしの領国にあって権力を振るい、富貴であったが、今は、まさに一片の土地をも持たぬ貧乏たれ同様、惨めな境遇よ」〔1036−1040〕

そこでベルネ人が答えました、「王よ、ご自身の悲しみをお捨てなさいませ。そして、あなた様は、このディエトリーヒを苦境から救い出してやろうと望んでおられるお方にふさわしい行動を、お取りくださいませ。〔1041−1045〕

かの地で私を助けてくれるはずの、そして再び私をあの栄光へと連れ戻したいと望んでいた家臣たちが、みな、討ち取られて死んでしまいました。〔1046−1049〕

あの生死を共にしてきた私の戦友たちのことを思うと、げに、私の心は激しく痛みます。エッツェル王よ、でも、あなた様は、あなた様の戦友たちの死の痛手からしっかりと立ち直ることができます。あなた様は、

まだ、あなた様を見捨てない多くの者たちを見出すことができます。〔１０５０―１０５５〕

一方、私の方は、残念なことに、あなた様がここで自らご覧になられますように、状況が違っております。家臣たちは、実際、切り裂かれ、血の海深く打ち倒れ、死んで横たわっています。彼らは、私のために生命も財も賭けてくれたのです。死神は、むごたらしくも、待ち伏せして彼らを襲い、彼らを全員、私から奪ってしまったのでございます」〔１０５６―１０６４〕

エッツェル王は言いました、「わしはこう言いたい、途方もない苦しみについてわしもこれまであれこれと見聞してきたが、だれをも襲う死がこれほどに暴虐のかぎりを尽くしたことは今まで一度としてなかった、と」〔１０６５―１０６９〕

エッツェル王は、彼の息子と彼の妻の二人を、また彼の弟の亡骸を運び去るよう、命じました。三人は担架の上に横たえられました。王とともにその有様を見た人々は、みな、悲痛な思いに駆られました。城館の前近くには、なお数々の死者が横たわっていました。彼らの運命の日がそこで彼らから命を奪い取ってしまったのです。〔１０７０―１０７９〕

次いでエッツェル王は、イーリンクの倒れているところへもやって来ました。ハゲネは、やる気満々、飽くなき戦意を燃やして、イーリンクが危険を感じて彼から逃れようとしたとき、これを槍で刺し殺したのです。ハーワルトの家臣がいかに勇敢に武人ハゲネと戦おうとも、また、剛勇のハゲネが彼からいかにひどい傷を受けていたとはいえ、勇猛なトロネゲ人はこの勇士を打ち殺してしまいました。〔１０８０―１０９１〕

ベルネの王は、権勢高いエッツェル王とともに、この勇士のことを、嘆きに嘆きました。二人の王はイーリンクの深い傷を正視するに堪えられませんでした。このとき、老いたる武の師ヒルデブラントも、彼のこ

とを、人がそれとはっきり分かるほどに、とても激しく嘆きました。〔1092–1100〕
女性たちもまた、この勇敢なデネマルク人の身を、彼らとともに打ち嘆きました。人々が彼のことを嘆くのも当然のことでした。追放の身の者が、美しい女性たちの好意を得ようと、これほど見事に努めたことはありませんでした。イーリンクが、多くの武士たちの眼前で、かくも雄々しく振る舞い、かくも勇敢に死に果てたことに関して、人々は彼に賛嘆の声を上げざるを得ませんでした。〔1101–1109〕
人々は、イーリンクが敢えてハゲネに立ち向かうことを、許そうとはしませんでした。勇士イーリンクがその後そうしないでおけば、彼は生き延びることができたでありましょうに。〔1110–1113〕
そこで、エッツェル王が言いました、「本来ならこうあるべきところなのに！　つまり、事の次第が、実際、わしに、別な風に、伝えられてさえいたならば！　そうなっていれば、わしは、彼らブルグント勢の苦難もわしの苦悶も、すべて、まったく生じさせなかったものを！〔1114–1117〕
神よ、私が、グンテルとその家臣らに対して、一体何をなしたと言うのでありましょうか。それなのに、彼らは私から私の家臣全員をすっかり奪い取ってしまったのです。一方、彼らも、命を失い、名誉も消え失せてしまいました」。エッツェル王は、剛勇イーリンクの、また、彼の戦友たちの勇敢さを激しく嘆きました。〔1118–1126〕
君主エッツェルは、イーリンクとその家臣三十名を一緒に運び去るよう、命じました。家臣たちも同時に彼の傍らで死んでいるのが見出されたのでした。〔1127–1130〕
王が命じた通りに、彼らが担架で運び去られたとき、高位の王エッツェルは、更に多くの武士たちが死んでいるのを、その中に権勢揺るぎないグンテル王が、その首が切り落とされたその場所に、無残な姿で横た

わっているのを、見つけ出しました。グンテル士の身を人々は嘆くのでした。〔１１３１－１１３８〕

エッツェルは、グンテルを見ると、悲痛な思いで、言いました、「ああ、わが親しい義兄よ、わしなら、そなたを健やかな姿のまま、ラインの国もとへ送り返したろうに！　そなたらが自らの力でそうできないときには、わしがこの手でそれを勝ち取ってやったものを！　そうなっていれば、わしはそのことをいつまでも喜ぶことであろう」〔１１３９－１１４７〕

そこでディエトリーヒが答えた、「王よ、こうなったのはグンテルのせいですよ。私としては、あなた様の大きな寵を得んがために、必死に努めたればこそ、あの勇士を容赦してやることはもはやできなくなったのです。何となれば、容赦するなんてまったく私にふさわしい行動ではありませんでしたので。〔１１４８－１１５４〕

彼らグンテルらが私どもの家臣をすべて亡き者にしたとき、あの傲慢なハゲネが、広間からこちら下の方へ向かって、私をののしり、私をこれでもかと苦しめたので、私は、心を痛めつつも、もはやこのような所業を彼らに許してやることはできなかったのです。〔１１５５－１１６１〕

私の軍勢が、そしてまた、王よ、あなた様の家臣たちが、討ち果たされてしまったとき、私はあのグンテル王に、彼が話し合ってこの事態を和解に持ち込むようにと、切にお願いいたしました。〔けれども、〕剛勇のハゲネは、和平など一切望みませんでした。〔１１６２－１１６７〕

ハゲネは言いました、和平がわしらの何の役に立つと言うのだ！　なぜなら、ギーゼルヘル様もゲールノート様も、ご両人とも、死んでしまわれたのだぞ。また、そなたのヒルデブラントがブルグントの国のフォルケールを打ち殺してしまったのだぞ、と。〔１１６８－１１７３〕

ハゲネは、ヒルデブラントが傷を受けながらも彼から逃れて行ったことを、ひどく悔しがりました。と言うのは、広間の前のこの屋外で、この勇敢な戦友ヒルデブラントに、巌《いわお》のように堅固な鎖鎧を貫いて傷を負わせたのは、ハゲネだったのですから。〔1174—1180〕

そこで、私はグンテルに頼みました、彼が、彼の名誉のために、私のすべての苦しみを考慮してくれるように、と。〔更に私は言いました、〕私は、私の死に至るまで、彼の平安を護ってやる、と。また、彼があなた様の人質になるように、と。王よ、それはまた私の人質になるということでもあります。そうなれば、彼を健やかなままライン の国もとへ連れて帰ってやる、と。〔1181—1189〕

ところが、グンテルは、ここでだれ一人として生かしておくものか、と望んでいたのです。彼の手が十分に休んでいたならば、そういうことは、実際、大いにあり得たでありましょう。事実、あの戦士はこの私に、ご承知おき願いたいのですが、三度も剣を打ち下ろしたのです。そのため、私はほとんど自力で立ち直ることができないほどでありました。〔1190—1197〕

その際私の熟達の武技と十分に休息していたこの手が、私を救ってくれ、それで私は、あの王を、深手を負わせて、縛り上げてやりました。直ちに、私は彼をわが王妃クリエムヒルト様に委ねたのでございます。〔1198—1203〕

王妃があの勇士を殺させるなんて、どうして私に信じることができたでありましょう！　彼を死神の手に渡そうなんて気は、私にはまったくありませんでしたのに。彼の苦しみは、彼の妹の怒りによって更に深められてしまいました。高貴な生まれのあの勇士が死んでここに横たわっております」〔1204—1210〕

エッツェル王は泣きながら語りました、「ああ、わしがかつてグンテルとその家臣たちに迎えの挨拶をする事態となったことこそ、痛ましい！　事情が前もってわしに伝えられておれば、彼らはみな生き延びたであろうに。彼ら以上に名声のある勇士たちは、この地上に決して存在し得なかったし、また思うに、これから先、これほどに多くの勇敢な戦士たちが存在することもないであろう。〔１２１１–１２１９〕

その結果、わしの領国はすべて悲嘆とおびえきった驚きの中にあり、〔一方、〕彼らの国においても、げに、故国は孤児だらけとなっている。本来なら、この子たちが、当然彼ら一行〔の帰国〕を喜んで迎え入れたであろうに。今となっては、わしは、あのわしの敵を嘆かぬままに放っておくことなどできない」〔１２２０–１２２７〕

そこで武の師ヒルデブラントが言いました、「エッツェル王よ、さあ、その嘆きはおやめになり、そしてこのグンテル王を運び去るよう命じてください」。次いでディエトリーヒ王が再び言いました、「思うに、この選り抜きの高貴な生まれの方ほどに賞賛さるべき勇士が、かつて生れたことはなかったし、またこの先生れることもないでありましょう。それゆえ、グンテル王のことが私にはひどく惜しまれてなりません」〔１２２８–１２３６〕

そこでボテルンクの息子エッツェルが言いました、「わしの戦士らによって攻撃されたとき、彼らグンテルたちは、本当に、残念なことに、わしにとって損失となってしまうことをなさざるを得なかったのだ（彼ら自身もそのことで何の利益もなかったが）。今となっては、わしは、双方が痛ましくてならぬ。〔１２３７–１２４３〕

わしはわしの戦士たちやブルグント勢のことを思うと、心が痛むのも当然のことなのだ。〔なぜなら〕、わしはここにこんなにも多くの勇士を擁していたのに、彼らは実情をわしに黙したままで、報告しなかったのだ」〔1244–1248〕

そのとき武の師ヒルデブラントが言いました、「さあ、ご覧ください、事をすべて謀ったあの悪鬼が、ここに、死んで横たわっていますぜ！　事を穏やかに収めることができなかったのは、それはハゲネのせいなのです。〔それにしても、〕彼らブルグントの人々は、わが王妃クリエムヒルト様の好意をきちんと得ることだってできましたろうに。〔1249–1255〕

王様、私どもが実際この間の事情をきちんと耳にはさんでさえいれば、私どもは、あなた様の苦しみをしっかりと阻止したでありましょうに。わが王妃の受けられた侮辱をブレーデル様が復讐しようとなさいました。〔でも〕そのようなことは何一つとして起こってはならなかったのです。〔1256–1262〕

ここでは畑が酷《ひど》いやり方で耕されてしまいました。だれが信じることができましょうか、こんなにも多くの勇敢な人々が、ここで、ジーフリトの死がもととなって、その命を捨てることになろうなんて。また、こんなにひどい苦しみがあなた様の宮廷で起ころうなんて。〔1263–1269〕

私は、次のようにしか、このことを理解できません、つまり、あの選り抜きの勇士たちは、もうずっと以前から、神の恐ろしい怒りを、受けるべく、買っていたのです。一日の遅延もなくぴたりと彼らの最期はやって来ました。〔1270–1275〕

そこで彼らはその傲慢心ゆえに神の一撃を被らなければならなかったのです。そのため、ここに多くの優れた勇士たちが死んで横たわっています。彼らは、幾多の激しい戦闘でしばしばよく防戦しましたが、今はここに死に果ててしまいました。こういう事態を彼らは自らその身に招いてしまったのです」〔1276–1282〕

そこで、権勢揺るぎない王が、苦しみの中にありながらも、心優しく、言いました、「さあ、すぐに、ハゲネを彼の主君のグンテルのところへ、その他の者たちが横たわっているところへ、運んで行かせるのだ。〔1283-1287〕

ああ、私がそもそも今なお生きているとは！　このことを、神よ、哀れと思し給え！　哀れこの上ない私を、このようなひどい苦痛の中で、もうこれ以上生きさせないでくださいまし！　死が私を連れ去ってくれますように！」王は言いました、「この身はそうなって然るべきでございましょう」〔1288-1294〕

人々はハゲネが横たわっているのを見ると、急いで彼のところへ駆け寄りました。彼はひどく恨まれていました。人々の喜びも誉れも、その多くが、彼によって失われてしまったのです。〔1295-1299〕

人々は怒りから、こうなったのもハゲネのせいなのだ、と語りました。〔だが、〕ハゲネは、だれの好意も撥ねつけるような行為は何一つしなかったでしょうに、もし王妃クリエムヒルトがブレーデルにハゲネの弟ダンクワルトを殺すようにと命じるあの一事をなしていなかったならば。〔1300-1307〕

そうすれば、あのようなことはすべて何一つなされなかったでありましょう。そこで〔ブレーデルに攻められて〕あの戦士ダンクワルトは防戦しました。こうなっては、ブルグントの国の人々は戦闘に突入せざるを得なくなりました。これがもととなって、この後、切り裂かれた傷が、あまた、ぱっくりと口を開けることとなりました。〔1308-1313〕

事態がこのようになってしまったのは、悪魔の〔唆《そそのか》しの〕せいです。彼らブルグント勢はだれの好意も求めるわけにはゆかず、そのため彼らは死なざるを得なかったのです。〔1314-1318〕

あれこれ言葉を交わしながら、エッツェル王と二人の武士〔ディエトリーヒとヒルデブラント〕は、先へ進んで行きましたが、悲嘆の声を上げることとなりました。そこにディエトリーヒ王は彼の親愛の武士たちがあまた死んで横たわっているのを見出したのでした。〔１３１９―１３２３〕

屋外の広間の壁の前にエッツェル王は一人の武人が死んで横たわっているのを見ました。その鎖鎧からは血がにじみ出ていました。〔１３２４―１３２７〕

そこで、勇敢な勇士のエッツェル王は尋ねました、「ヒルデブラントよ、これはだれだ」。ヒルデブラントはエッツェル王に喜び勇んで答えました、「王様、これはフォルケールです。これが、この国において、その手で私どもに最大の苦痛を与えた男です。〔１３２８―１３３４〕

フォルケールはその報酬に見合う働きを十分にしたので、私はその霊魂に好意を寄せることなどとてもできません。この勇士は私の鎖鎧に怨恨のこもった一撃を打ちつけてきました。そのため、私が生き延びる希望は風前の灯となったのです。〔１３３５―１３４１〕

この勇士はたった一人で私に立ち向かってきましたが、私の方も彼に反撃しました。この男以上に勇敢な手だれの勇士が、ヴァイオリンを手に取ることは絶えてありませんでした。もしヘルプリーヒが私を彼から引き離してくれなかったら、これは是非お伝えしたいことですが、フォルケールは私を打ち殺していたでしょう」〔１３４２―１３４８〕

「ああ、悲しいことよ」と権勢高い王ディエトリーヒが言いました、「あの勇士の礼儀作法は、それに加えて、実に男らしい心ばえも、まことに素晴らしいものであっただけに、あの勇士がそれでも死んでいく定めにあり、こんなにも急いで滅んでいくなんて、わしはこの先ずっと心が痛んでならぬ」〔１３４９―１３５４〕

エッツェルが、この男はどこの出身か、と尋ねました。武の師ヒルデブラントが答えました、この者は、グンテル王のもとで、ライン河畔の国を統治しておりました、と。「この大胆不敵な勇士は、アルツァイエの生まれであります。この男の抜群の勇敢さも、あまりにも早く、消え失せてしまいました」〔１３５５–１３６３〕

すると、ディエトリーヒ王がこの戦士のことを嘆きました。この勇敢な勇士ディエトリーヒは、フォルケールの誠実な心を偲んで、この戦士のことを泣いたのです。〔１３６４–１３６６〕

「あなた様は何を嘆いていらっしゃるのですか」とヒルデブラントが尋ねました、「このフォルケールが、腕を振るって、ここで私どもに、私どもがもう二度と立ち直れないほどのひどい損害を与えたのですよ。この男が一人で、あなた様の家臣を優に十二人も打ち殺したのですよ。私は、この男がもはや生き延びていないことを、神に感謝したい気持ちです。〔１３６７–１３７５〕

私がこの戦士との戦いに入るや、この戦士は猛烈に防戦し、まるで雷鳴がとどろいたかのようでありました。けれどもその後、私はこの勇士を切り倒しました。この戦士のこんなにも深いこれらの傷は、この私の手で切り裂いたものでございます。〔１３７６–１３８１〕

この戦士はこうして異郷の地で私の前に戦死して横たわっておりますが、このことに私は、この勇士のために、ため息をつかざるを得ません。何となれば私も異国人ですから。この武人の向こう見ずな意気地が、私どもに増える一方の損失を与えました。彼は完全無欠の名誉を求めて奮戦しました。〔１３８２–１３８８〕

この勇士はヴァイオリンを弾くことができたので、人々は、彼のことを常日ごろ楽人と呼んでいました。このことはあなた様にしかと申し上げることができますが、彼は、自由な身分の一族の出身であり、美しい婦人たちに奉仕する役割を一手に引き受けていました。〔１３８９–１３９５〕

今や彼によってかくも多くの高貴な戦士たちが切り裂かれて横たわっておりますが、ヴァイオリン弾きなる者が、この恐れを知らぬ男のフォルケールが、この戦闘でなした以上に法外なことをなしたことなど、いまだかつて一度もありません。そのため私の心は喜びを捨てざるを得ないのです」〔１３９６―１４０２〕

エッツェル王は、フォルケールを他の戦死者が悼まれ嘆かれている場所へ、運び去らせました。ああ、この後、なんと多くの誇り高く勇敢な勇士たちが血溜りの中から収容されたことでしょう！　これらの勇士たちは血溜りの中で見出されたのです。〔１４０３―１４０９〕

苦痛のあまり思慮分別を失った状態で、ベルネ人〔のディエトリーヒ〕はそちらへ行き、わが身の陥った惨状をつくづくと眺めました。彼が真っ先に見出した者は、ブルグント国のハゲネの弟ダンクワルトでした。彼は広間の中で数々の鎖鎧をずたずたに切り裂いたのでした。〔１４１０―１４１７〕

トロネゲのハゲネが猛烈に怒り狂った、と人々は言っていますが、けれども広間の中では堂々たる戦士のダンクワルトが、ハゲネを四人集めたよりも多く、彼らを討ったのでした。〔１４１８―１４２２〕

「わしはダンクワルトのことが悔やまれてならぬ」とディエトリーヒが言いました、「あの男の心ばえは実に徳操高いものであった。この名だたる勇士が、たとえ彼が王であったとしても、この度以上に雄々しく振る舞うことはできなかったであろう」〔１４２３―１４２７〕

「あなた様は、彼のことなど褒めずに放っておかれて一切構いませんのに」とヒルデブラントが応じました、「あなた様が、彼がその最後の日々にあなた様にどのような奉仕をしたかを、ご覧になれば、きっとそれだけ、あの者がかつて勇猛心を得たことが、あなた様の気に召さなくなるに違いありません。と言うのも、われわれにこれほどにひどい損失を与える者が、彼のほかに彼らの内に更にいたかどうか、そんなこと、私の知り得るところではありませんので」〔１４２８―１４３６〕

ラインの主馬頭《しゅめのかみ》のダンクワルトに関してエッツェル王は直ちに命じました、彼を他の者たちのところへ運んでいくように、と。この勇士の姿を見た多くの者が泣き始めました。たちまちのうちに、新たな叫び声が起こりました、激怒のこもった悲嘆の声が上がりました。男たちも女たちも言いました、「この男がブレーデル様の命を奪ったのだ」〔１４３７－１４４６〕

この騒ぎを王は耳にしました。この悲嘆愁嘆の声が王の沈んだ心に衝撃を与えました。ここで、みなさまに驚嘆すべきことをお聞かせいたしましょう。〔１４４７－１４５０〕

エッツェル王は、あの大惨事があった宮殿の中へ足を踏み入れました。すると、王は一人の男が死んで横たわっているのを見出しました。見事な造りの彼の鎖鎧が血溜りの中から輝きを放っていました。彼の堅牢な兜は、緒まで貫いて切り裂かれていました。彼に対してこんなことをなしたのは、ダンクワルト以外のだれでもありませんでした。〔１４５１－１４５９〕

それはディエトリーヒの家臣の一人で、名をウォルフプラントと言いました。戦士にして高貴な生れのベルネ人のディエトリーヒには、これがウォルフプラントだとすぐに分かりました。その際、彼は、自分の置かれた悲惨な境遇のすべてに思い至りました。〔１４６０－１４６５〕

彼は、彼の心がかつて得ていたすべての喜びからも見放されてしまいました。この勇士は、苦しみに胸がつぶれ、自分のすべての不幸に泣き出すのでした。高位のエッツェル王が、彼がそうするのを助けてやりました。〔１４６６－１４７０〕

エッツェルが、ディエトリーヒに代わって、言いました、「ああ、わしがこの勇士が死んで横たわっているのを目にすることになろうとは！　彼は幾多の戦闘の苦境を、実にしばしば、勇敢に生き抜いてきたと言

うのに。彼が助けようとする者は、だれであれ、その助けに明るい望みをつなぐことができたものなのに」〔1471－1477〕

彼らは、身も世もなく激しく泣くのをやめることができませんでした。私は思うに、この先こんなにひどく嘆かれることは、またこんなに大声を上げて泣かれることは、もうないでありましょう。そのようにウォルフプラントは嘆かれたのでした。〔1478－1483〕

この武士の傍らに、ベルネの公のジゲスタップが、痛ましくも死んで横たわっているのが見られました。彼の甲冑からは、星々のごとく明るく、宝石が輝いていました。〔1484－1489〕

「お前を打ち殺したのはだれだ」とディエトリーヒ王が言いました、「勇士よ、身分高く勇壮な武士のお前のことが、今はわしには痛ましくてならぬ。わしの父とお前の母は、同じ父親の子であった。高貴な生まれにして高位の武士よ、お前の傷のなんと深いことよ！　お前はわしの名誉のなんと多くをその背に負ってくれたことか！」〔1490－1499〕

「彼を討ったのはフォルケールです」と武の師ヒルデブラントが答えました、「それゆえ私がこの手でフォルケールを討ちました。その際私は彼ら二人の近くにいましたが、このようにして決着をつける以外、私には両者の戦いを収拾することはできませんでした」〔1500－1505〕

「ああ、見捨てられたこのよそ者の身の哀れなことよ」、そこでこのベルネ人が言いました、「わしは死んでしまえばよかったのだ！　神様もそうなさった方がまっとうでありましたろうに。哀れな男のこのわしは、なんと多くの家臣を失ってしまったことよ！　神も哀れみ給え！」〔1506－1511〕

ディエトリーヒはジゲスタップの腕から盾をはずさせました。ディエトリーヒとヒルデブラントはさめざめと涙を流しました。エッツェルの喜びは、彼らのそれと一緒に、すっかり消え失せてしまいました。彼らは、途方もなく深い心痛に沈む以外、なす術を知りませんでした。もはや楽しみなど一つとしてありませんでした。〔1512―1520〕

彼ヒルデブラントには、その勇士がかぶっていた兜の輝きを手掛かりに、それがウォルフウィーンだ、と分かりました。兜は明るく光り輝いていました。ウォルフウィーンは今は血まみれになっていました。現に、この勇ましい武人は、倒れて壁にぶつかり死んでいました。〔1521―1527〕

そこで武の師ヒルデブラントが言いました、「主君よ、これは、私の甥、そしてあなた様の城伯であります。勇敢なネーレの息子でありますぞ。私は、これほどまでにひどく損傷を受けた勇士を、これまでの生涯で見たことはありません。さあ、ご覧なさいませ、彼の傷口から血がどくどくと流れ出ているさまを。この武人には臆病な点など一切見られませんでした。〔1528―1537〕

ここのこの戦闘において彼は、まさしく勇士たる者にふさわしい戦いをなしましたが、ニーベルンゲンの権勢高い若き王のギーゼルヘルが彼を討ち果たしてしまいました。このニーベルンゲンの王は、ニートゲールも打ち殺しました。〔1538―1543〕

この高貴にして高位の王のギーゼルヘルは、これら二人を倒してしまうと、（彼は私どもに多大の苦しみを与えました）、ゲールバルトのところへ跳んで行きました。この二人の勇士は、手にする剣を惜しみなく振るって戦ったので、両者の兜の留め具が、赤い火花の中を、空中高く飛びました。あの不気味なギーゼルヘルが、これら三人の勇士をすべて打ち殺してしまいました。〔1544―1553〕

彼らのすぐ傍のここには、あの勇猛なウィークナントも死んで横たわっております。これを討ったのは、ブルグントの国の王のグンテルです。そうならないようにと、あなた様のすべての家臣が、ウィークナントを助けようとしましたが、彼を逃れさすことはできませんでした。グンテルは、高位の武人ジゲヘールと勇敢なウィーヒャルトも討ち果たしました。〔1554―1563〕

この二人も戦闘において手を出し惜しむことなどまったくありませんでした。彼ら二人の惨めな最期が、いつまでも私たちの心を深く悲しませることでしょう」〔1564―1567〕

そこでディエトリーヒ王は、心痛にさいなまれ、幾度も、幾度もため息をつきました。権勢高い王のエッツェルはふっと大きく声を震わして嘆息するのでした。王の悲嘆の声が、力強く大気を突いて、あまりに激しく鳴り響くので、その激烈な嘆声のために、城館が高位の王の上に崩れ落ちるのではと、気遣われるほどでありました。〔1568―1576〕

彼らは、ここで見出した戦士者たちのことを気が済むまで嘆いたあと、宮殿が、至る所ぐるりと、致命傷を受けて死んだ者たちが成す壁で、囲まれているさまを、目にしました。これらの戦死者たちがどこで見出されようとも、場所を問わず、ディエトリーヒは彼らを運び去るよう命じました。〔1577―1583〕

だれもみなさまにお伝えできぬほどに、彼らの苦悩は深く、彼らの嘆きは激しいものでした。ここ城館の外では女性たちが泣いていました。数多くの乙女たちが、深い苦しみを胸に、この陰鬱な光景を前にして立っていました。〔1584―1590〕

これはいまだ見聞したことのない出来事でありますが、そこで死んでいるのが見出された戦死者たちの武装を解く男手が十分になかったのです。さあ、ご覧あれ、どうすれば女性たちはこんなことをせずに済ますことができたでありましょうか、かくも美しい乙女や婦人たちが、〔自分らの手で、〕戦死者たちの武具をは

ずすほかはなかったのです。〔1591―1597〕

見れば、赤銅色の鎖鎧が、数々、女性たちの手によって取りはずされていました。あの文芸の師はこの話は嘘偽りのないことだと言っております。心は重く、悲嘆に沈みつつ、女性たちは緒を断ち切っていました。彼女らは武具の緒の解き方を知らなかったのです。〔1598―1605〕

エッツェル王が、女性たちが緒を断ち切って戦死者たちから武具を脱がすのを目にしたとき、王がこれまでに何を泣いてこようとも、そんなものは、まだすべて、無きに等しいものになりました。エッツェル王は悲憤の思いに圧倒されてしまいました。〔1606―1611〕

多くの健康な男たちが王の目に入りましたが、彼らは、この度の大惨事ゆえに、ここへやって来て、自分らの血縁者たちが死んでいるのを見出した連中でした。王は彼らを激しくなじりました、「そなたらはそれでも体面が保てると思っているのか、女性たちが戦死者にかかわり、ここでは当然そうすべき健康な男どもが突っ立っているではないか！」〔1612―1619〕

王は、お前ら男が緒を解いて武士たちの鎖鎧を脱がすのだと、命じました。領主たる者、領民を大いに恐れさす力がありました。実際、領民たちは下に、不承不承ながら、このとても辛い奉仕をすることを請け合わざるを得ませんでした。〔1620―1625〕

だが、彼らは、どうやって戦死者たちの武具を脱がすのか、まったく手順を知りませんでした。エッツェル王は怒りを抑えることができませんでした。すぐさま王は彼らのもとを立ち去り、再びディエトリーヒの姿を見出しました。〔1626―1630〕

ディエトリーヒ王は取り乱していました。彼は、自分の回りに、部下たちが死んで石のように横たわっているのを見たのです。けれども、ベルネの王はこの苦しみを自分一人だけで担うには及びませんでした。気の進まぬまま、エッツェル王も、かくも甚大なディエトリーヒの損失を目にしました。〔1631-1637〕

血が、至る所、排水の穴を通って流れ落ちていました。彼らは、こちらへまたあちらへと歩を運びましたが、目に入るのは死者だけでした。見れば、広間は、傷口から流れ出た鮮血で、赤く塗られているのでした。〔1638-1643〕

健康この上ない者でさえ、愁嘆のあまり、病気になりました。いかなる日にもこれほどまでに深く人々が悲嘆に暮れたことはありませんでした。死者たちのうち八百名、いな、それ以上が、今は、〔広間から〕運び出されました。そのときでした、こと新たな嘆き声が起こったのです。声を上げたのは武の師ヒルデブラントでした。彼はウォルフハルトを見出したのです。〔1644-1652〕

ヒルデブラントは、自分の甥を見つけると、彼の主君に向かって言いました、「ご覧ください、いとも高貴なディエトリーヒ様、死神がぐいぐいと自分の周辺の畑を耕しているさまを！　どうして私に信じられましょうか、勇士ギーゼルヘルのような戦闘経験の乏しい若者がこの衆に抜きん出た手だれの武士を打ち殺すなんてことが！　今や、ギーゼルヘル王も私の甥も、二人とも、ここに死んで横たわることとなってしまいました。彼らが戦闘時に相まみえたことを、神にも嘆きとうございます！」〔1653-1666〕

ディエトリーヒ王は彼の家臣のウォルフハルトをまじまじと見つめました。なんと激しく嘆きが王を襲ったことでしょう！　王は、家臣がひげを血で赤く染めて血溜りの中へ倒れているのを、目にしました。この様が、勇敢な勇士のディエトリーヒに、彼の苦しみのすべてを思い出させました。〔1667-1673〕

そこで彼ら二人は、恐ろしいほどの心痛に襲われて、またもや泣くのでした。そのときエッツェル王が泣

郵 便 は が き

料金受取人払

諏訪支店承認

2

差出有効期間
令和5年4月
30日迄有効

392-8790

〈受取人〉

長野県諏訪市四賀 229－1

鳥影社編集室

愛読者係　行

ご住所 〒 □□□-□□□□	
(フリガナ) お名前	
お電話番号 (　　　)　　　-	
ご職業・勤務先・学校名	
e メールアドレス	
お買い上げになった書店名	

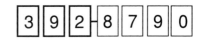

鳥影社愛読者カード

このカードは出版の参考にさせていただきますので、皆様のご意見・ご感想をお聞かせください。

書名	

① 本書を何でお知りになりましたか？

ⅰ．書店で
ⅱ．広告で（　　　　　　　　　　　　）
ⅲ．書評で（　　　　　　　　　　　　）
ⅳ．人にすすめられて
ⅴ．DMで
ⅵ．その他（　　　　　　　　　　　　）

② 本書・著者へご意見・感想などお聞かせ下さい。

③ 最近読んで、よかったと思う本を教えてください。

④ 現在、どんな作家に興味をおもちですか？

⑤ 現在、ご購読されている新聞・雑誌名

⑥ 今後、どのような本をお読みになりたいですか？

◇購入申込書◇

書名　　　　　　　　　　　¥　　　　　（　　）部

書名　　　　　　　　　　　¥　　　　　（　　）部

書名　　　　　　　　　　　¥　　　　　（　　）部

鳥影社出版案内

2022

イラスト／奥村かよこ

choeisha
文藝・学術出版 鳥影社

〒160-0023 東京都新宿区西新宿 3-5-12 トーカン新宿 7F

TEL 03-5948-6470 FAX 0120-586-771（東京営業所）

〒392-0012 長野県諏訪市四賀 229-1（本社・編集室）

TEL 0266-53-2903 FAX 0266-58-6771 郵便振替 00190-6-88230

ホームページ www.choeisha.com メール order@choeisha.com

＊新刊・話題作

経営という冒険を楽しもう 1〜4巻
仲村恵子

中小企業経営者が主人公の大人気のシリーズ。経営者たちは苦悩と葛藤を、仲間たちと乗り越えてゆく。 各1500円

光と影
ハイデガーが君の生と死を照らす！
村瀬 亨

河合塾の人気講師によるハイデガー『存在と時間』論を軸とした、生と死について考えるための哲学入門書。 1650円

創作入門―小説は誰でも書ける
小説を驚くほどよくする方法
奥野忠昭

長年の創作経験と指導経験に基づくその創作理論を、実例を示すことで実践的でかつ分かりやすく提示。ベテランにもお勧め。 1980円

ＡＬＳが治っている
純金製の氣の療法「御中鈫療法」
古庄弘枝

純金製の棒を使った療法でＡＬＳ・がん・難病、痛み・アレルギーが改善。アスリートも絶賛するその効果とは。 1760円

親子の手帖〈増補版〉
鳥羽和久

増補にあたり村井理子さんの解説と新項目を追加収録。全体の改訂も行った待望のリニューアル版。奥貫薫さん推薦。 1540円

デジタル時代の「血液型と性格」
AIと60万人のデータが開けた秘密の扉
金澤正由樹

各血液型に目立つ、O型は首相や大富豪、A型は文科相、B型は個人スポーツ、AB型は都知事や米大統領などの傾向が明らかに！ 1650円

オートバイ地球ひとり旅
ヨーロッパ編・アフリカ編（全七巻予定）
松尾清晴

19年をかけ140ヵ国、39万キロをたったひとりで冒険・走破した〝地球人ライダー〟の記録。関野吉晴さん推薦。 各1760円

αアルファとオメガω
村上政彦

作品の舞台は福島県双葉町。原発事故で世界的に有名な土地だ。そこには十年経っても未だに帰還できない人々がいる。 1650円

5Gストップ！
電磁波過敏症患者たちの訴え&彼らに学ぶ電磁放射線から身を守る方法
古庄弘枝 550円

5G（第5世代移動通信システム）から身を守る
古庄弘枝
商用サービスが始まった5G。その実態を検証し、危険性に警鐘を鳴らす。 550円

香害から身を守る
古庄弘枝
よかれと思ってつけるその香りが隣人を苦しめ大気を汚染している。「香害」です。 550円

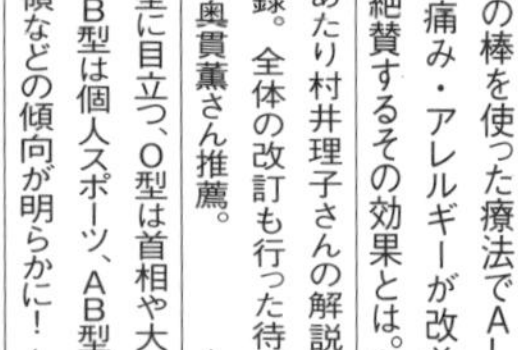

愛知ふるさと素描 河村アキラ
『名古屋ふるさと素描』に、新たに40枚を追加。愛知県内各地に残されたニッポンの消えゆく庶民の原風景を描く。1980円

純文学宣言
季刊文科25〜90
（61より各1650円）
〈編集委員〉伊藤氏貴、勝又浩、佐藤洋二郎
富岡幸一郎、中沢けい、松本徹、津村節子
【文学の本質を次世代に伝え、かつ純文学の孤塁を

新訳金瓶梅 上巻・中巻

（全三巻予定）

田中智行訳（朝日・中日新聞他で紹介）

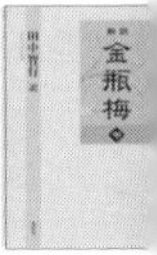

三国志などと並び四大奇書の一つとされる金瓶梅。そのイメージを刷新する翻訳に挑んだ意欲作。詳細な訳註も。 各3850円

小竜の国 ―亭林鎮は大騒ぎ

韓寒著 柏葉海人訳

中国のベストセラー作家にしてマルチに活躍する韓寒の第6作。上海・亭林鎮を舞台にカワサキゼファーが疾走する！ 1980円

スモッグの雲

イタロ・カルヴィーノ著 柘植由紀美訳

樹上を軽やかに渡り歩く「ペンのリス」、カルヴィーノの一九五〇年代の模索がここにも。他に掌篇四篇併載。 1980円

キングオブハート

G・ワイン・ミラー著 田中裕史訳

心臓外科の黎明期を描いた、ノンフィクション。彼らは憎悪と恐怖の中、未知の領域へ挑んでいった。 1980円

藤本卓教育論集

〈教育〉〈学習〉〈生活指導〉

藤本 卓

子どもは、大人に教育されるだけでは育たない。筆者の遺した長年の研究による教育哲学の結晶がここにある。 3960円

アナイス・ニンとの対話 ―インタビュー集―

アナイス・ニン研究会訳

男性をまきこむ解放、男性と戦わない解放、男性を愛して共闘する解放を強調したアメリカ作家のインタビュー集。 1980円

図解 精神療法

日本の臨床現場で専門医が創る

広岡清伸

心の病の発症過程から回復過程、最新の精神療法を、医師自らが手がけたイラストとともに解説する。A4カラー・460頁。 13200円

アルザスワイン街道 ―お気に入りの蔵をめぐる旅―

森本育子（2刷）

アルザスを知らないなんて！ フランスの魅力はなんといっても豊かな地方のバリエーションにつきる。 1980円

ヨーゼフ・ロート小説集

平田達治／佐藤康彦 訳

第一巻 優等生、バルバラ、立身出世

第二巻 サヴォイホテル、曇った鏡 他

第三巻 ヨブ・ある平凡な男のロマン タラバス・この世の客

第四巻 殺人者の告白、偽りの分銅・計量検査官の物語、美の勝利

第四巻 皇帝廟、千二夜物語、レヴィアタン（珊瑚商人譚）

別 巻 ラデツキー行進曲（2860円）

四六判・上製／平均480頁 4070円

ローベルト・ヴァルザー作品集

カフカ、ベンヤミン、ムージルから現代作家にいたるまで大きな影響をあたえる。

新本史斉／若林恵／F・ヒンターエーダー＝エムデ 訳

1 タンナー兄弟姉妹

2 助手

3 長編小説と散文集

4 散文小品集Ⅰ

5 盗賊／散文小品集Ⅱ

四六判、上製／各巻2860円

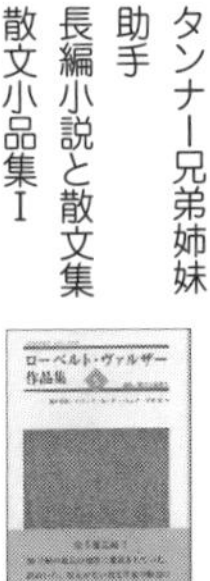

詩人の生 新本史斉訳（1870円）

絵画の前で 若林恵訳（1870円）

微笑む言葉、舞い落ちる散文 新本史斉著

ローベルト・ヴァルザー論（2420円）

＊歴史

戦国史記 風塵記・抄
—本能寺から山崎、賤ヶ岳へ—
福地順一

本能寺の変に端を発し、山崎の戦い、清洲会議、賤ヶ岳の戦いと続く織田家の動乱を風塵（兵乱）を軸に描く。　1650円

小説木戸孝允 上・下
—愛と憂国の生涯—
中尾實信（2刷）

西郷、大久保が躊躇した文明開化と封建制打破を成就し、四民平等の近代国家を目指した木戸孝允の生涯を描く大作。　3850円

太郎と弥九郎
飯沼青山

江川太郎左衛門と斎藤弥九郎、激動の時代を切り開いたふたりの奮闘を描く、迫真の歴史小説！　2200円

五島列島沖合に海没処分された潜水艦24艦の全貌
浦 環（二刷出来）

日本船舶海洋工学会賞受賞。実物から受けるオーラは、記念碑から受けるオーラとは違う。実物を見よう！　3080円

大動乱の中国近現代史
対日欧米関係と愛国主義教育
松岡祥治郎

アヘン戦争から習近平体制に至るまで、大動乱を経て急成長した近代中国の正と負の歴史を克明に描く。　3080円

魚食から文化を知る
—ユダヤ教、キリスト教、イスラム文化と日本
平川敬治（読売新聞ほかで紹介）

日本人に馴染み深い魚食から世界を知ろう！魚と、人の宗教・文化形成との関係という全く新しい観点から世界を考察する。　1980円

天皇の秘宝
—さまよえる三種神器・神璽の秘密—
深田浩市

二千年の時を超えて初めて明かされる「三種神器の勾玉」衝撃の事実！　日本国家の祖、真の皇祖の姿とは!!　1650円

西行 わが心の行方
松本 徹（二刷出来）（毎日新聞で紹介）

季刊文科で「物語のトポス西行随歩」として十五回にわたり連載された西行ゆかりの地を巡り論じた評論的随筆作品。　1760円

浦賀与力中島三郎助伝 木村紀八郎
幕末という岐路に先見と至誠をもって生き抜いた最後の武士の初の本格評伝。　2420円

軍艦奉行木村摂津守伝 木村紀八郎
若くして名利を求めず隠居、福沢諭吉が終生敬愛したというサムライの生涯。　2420円

南の悪魔フェリッペ二世 伊東 章
スペインの世紀といわれる百年が世界のすべてを変えた。黄金世紀の虚実1　2090円

フランク人の事蹟 第一回十字軍年代記
丑田弘忍訳　第一次十字軍に実際に参加した三人の年代記作家による異なる視点の記録。　3080円

大村益次郎伝 木村紀八郎
長州征討、戊辰戦争で長州軍を率いて幕府軍を撃破した天才軍略家の生涯を描く。　2420円

新版 日蓮の思想と生涯 須田晴夫
日蓮が生きた時代状況と、思想の展開を総合的に考察。日蓮仏法の案内書！　3850円

天皇家の卑弥呼（三刷）深田浩市
倭国大乱は皇位継承戦争だった!!　文献や科学調査から卑弥呼擁立の理由が明らかに。　1650円

古事記新解釈 南九州方言で読み解く神代
飯野武夫／飯野布志夫 編　『古事記』上巻は南九州の方言で読み解ける。　5280円

出来事

吉村萬壱（朝日新聞・時事通信ほかで紹介）

季刊文科62〜7号連載「転落」の単行本化
芥川賞作家・吉村萬壱が放つ、不穏なるホンモノとニセモノの世界。 1870円

地蔵千年、花百年

柴田 翔（読売新聞・サンデー毎日で紹介）

芥川賞受賞『されど われらが日々―』から約半世紀。約30年ぶりの新作長編小説。戦後からの時空と永遠を描く。 1980円

空白の絵本
―語り部の少年たち―

司 修（東京新聞、週刊新潮ほかで紹介）

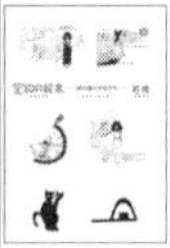

広島への原爆投下による孤児、そして「幽霊戸籍」。NHKドラマとして放映された作品を小説として新たに描く。 1870円

夕陽ケ丘
―昭和の残光―

徳岡孝夫／土井荘平

十五歳にて太平洋戦争の終戦を見た「昭和の子」は何を語り伝えるか。旧制中学の同級生だった二人による最後のメッセージ。 1980円

夏目漱石の中国紀行

原武 哲（西日本新聞ほか各紙で紹介）

漱石は英国留学途中に寄港した上海・香港、後年の満韓旅行で中国に何を見たのか？ 現地を踏査し漱石に与えた影響を探る。 3080円

そして、ニューヨーク
【私が愛した文学の街】

鈴木ふさ子（産経新聞で紹介）

この街を愛した者たちだけに与えられる特権それは〝魅力の秘密〟を語ること。文学、映画ほか、その魅力を語る。 2090円

漱石と熊楠
同時代を生きた二人の巨人

三田村信行（二刷出来）（東京新聞他で紹介）

いま二人の巨人の生涯を辿る。同年生まれイギリス体験、猫との深い因縁。並列して見えてくる〈風景〉とは。 1980円

有吉佐和子論
―小説『紀ノ川』の謎―

半田美永

小説『紀ノ川』に秘められた謎とは何か。有吉佐和子と同郷であり、紀ノ川周辺にも詳しい著者により封印された真実が明らかに。 2200円

「へうげもの」で話題の

〝古田織部三部作〟

久野 治（NHK、BS11など歴史番組に出演）

新訂 古田織部の世界 3080円

千利休から古田織部へ 2420円

改訂 古田織部とその周辺 3080円

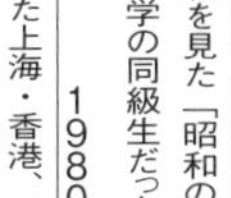

中上健次論〈全三巻〉 河中郁男

初期作品から晩年の未完作に至るまで、計一八〇〇頁超の壮大な論集。 各3520円

エロイ、エロイ、ラマ、サバクタニ

大鐘稔彦 信じていた神に裏切られた男は、プリマドンナを追い求めてさ迷う。 1540円

芸術に関する幻想 W・H・ヴァッケンローダー

毛利真実 訳 デューラーに対する敬虔、ラファエロ、ミケランジェロ、そして音楽。 1650円

*ドイツ語圏関係他

詩に映るゲーテの生涯〈改訂増補版〉

柴田 翔

小説を書きつつ、半世紀を越えてゲーテを読みつづけてきた著者が描く、彼の詩の魅惑と謎。その生涯の豊かさ。 1650円

ペーター・フーヘルの世界—その人生と作品

斉藤寿雄（週刊読書人で紹介）

旧東ドイツの代表的詩人の困難に満ちたその生涯を紹介し、作品解釈をつけ、主要な詩の翻訳をまとめた画期的書。 3080円

ヘーゲルのイエナ時代 理論編

松村健吾

概略的解釈に流されることなくあくまでもテキストを一文字ずつ辿りヘーゲル哲学の発酵と誕生を描く。 5280円

リヒテンベルクの手帖 I

ゲオルク・クリストフ・リヒテンベルク著
吉用宣二訳

18世紀最大の「知の巨人」が残した記録、本邦初となる全訳完全版。I巻ではノートA〜L、年表を収録する。 8580円

ヘルダーのビルドゥング思想

濱田 真

ドイツ語のビルドゥングは「教養」「教育」という訳語を超えた奥行きを持つ。これを手がかりに思想の核心に迫る。 3960円

ニーベルンゲンの歌

岡﨑忠弘 訳（週刊読書人で紹介）

『ファウスト』とともにドイツ文学の双璧をなす英雄叙事詩を綿密な翻訳により待望の完全新訳。詳細な訳註と解説付。 6380円

二〇一八改訂 黄金の星（ツァラトゥストラ）はこう語った

ニーチェ／小山修一 訳

詩人ニーチェの真意、健やかな喜びを伝える画期的全訳。ニーチェの真意に最も近い渾身の全訳。 3080円

ヘルダリーン—ある小説

ペーター・ヘルトリング著／富田佐保子訳

フランス革命は彼とその仲間たちをどう衝き動かしたのか？ この魅力的な詩人の人生を描く。 2860円

ゲーテ『悲劇ファウスト』を読みなおす 新妻 篤

ゲーテが約六〇年をかけて完成。著者が明かすファウスト論。 3080円

ギュンター・グラスの世界 依岡隆児

つねに実験的方法に挑み、政治と社会から関心を失わなかったノーベル賞作家を正面から論ずる。3080円

グリムにおける魔女とユダヤ人 奈倉洋子

—メルヒェン・伝説・神話—

グリムのメルヒェン集と伝説集を中心にその変化の実態と意味を探る。1650円

フリードリヒ・シラー美学＝倫理学用語辞典 序説

ヴェルンリ／馬上徳 訳 難解なシラーの基本的用語を網羅し体系化をはかり明快な解釈をほどこし全思想を概観。2640円

新ロビンソン物語 カンペ／田尻三千夫 訳

18世紀後半、教育の世紀に生まれた「ロビンソン・クルーソー」を上回るベストセラー。2640円

東方ユダヤ人の歴史 ハウマン／平田達治・荒島浩雅 訳

その実態と成立の歴史的背景をこれほど見事に解き明かしている本はこれまでになかった。2860円

ポーランド旅行 デーブリーン／岸本雅之 訳

長年にわたる他国の支配を脱し、独立国家の夢を果したポーランドのありのままの姿を探る。2640円

東ドイツ文学小史 W・エメリヒ／津村正樹 監訳

神話化から歴史へ。一つの国家の終焉はその文学の終りを意味しない。7590円

塹壕の四週間
あるヴァイオリニストの従軍記

フリッツ・クライスラー著　伊藤氏貴訳

伝説のヴァイオリニストによる名著復活！　偉大な人格と情緒豊かな音楽に結びついた極限の従軍体験を読み解く。　1650円

それとは違う小津安二郎

高橋行徳

『東京の合唱』と『生れてはみたけれど―大人の見る絵本』のおもしろさを徹底解明。　1980円

オットー・クレンペラー　中島　仁
最晩年の芸術と魂の解放
―1967～69年の音楽活動の検証を通じて―

20世紀の大指揮者クレンペラーの最晩年の姿を通して人間における音楽のもつ意味を浮かびあがらせる好著。　2365円

フランスの子どもの歌50選

三木原浩史

フランスに何百曲あるかわからない子どもの歌から50曲を収録。うたう・聴く楽しみとは、ひと味違う読んで楽しむ一冊。　2200円

モリエール傑作戯曲選集 1～4

柴田耕太郎訳

現代の読者に分かりやすく、また上演用の台本としても考え抜かれた、画期的新訳の完成。　各3080円

映画で楽しむ宇宙開発史

日達佳嗣（二刷出来）

映画から読み解く人類の宇宙への挑戦！　宇宙好き×映画好きが必ず楽しめる宇宙の映画を集めた一冊。　1980円

永田キング

澤田隆治（朝日新聞ほかで紹介）

今では誰も知らない幻の芸人の人物像に、放送界の名プロデューサーが長年の資料収集と関係者への取材を元に迫る。　3080円

雪が降るまえに

A・タルコフスキー／坂庭淳史訳（二刷出来）

詩人アルセニーの言葉の延長線上に拡がっていた世界こそ、息子アンドレイの映像作品の原風景そのものだった。　2090円

宮崎駿の時代 1941～2008　久美 薫

宮崎アニメの物語構造と主題分析、マンガ史からアニメ技術史まで宮崎駿論一千枚。　1760円

ヴィスコンティ　若菜 薫

「郵便配達は二度ベルを鳴らす」から「イノセント」まで巨匠の映像美学に迫る。　2420円

ヴィスコンティII　若菜 薫

高貴なる錯乱のイマージュ。「ベリッシマ」「白夜」「前金」「熊座の淡き星影」　2420円

アンゲロプロスの瞳　若菜 薫

『旅芸人の記録』の巨匠への壮麗なるオマージュ。（二刷出来）　3080円

ジャン・ルノワールの誘惑　若菜 薫

多彩多様な映像表現とその官能的で豊饒な映像世界を踏破する。　2420円

聖タルコフスキー　若菜 薫

「映像の詩人」アンドレイ・タルコフスキー。その全容に迫る。　2200円

銀座並木座　日本映画とともに歩んだ四十五年

嵩元友子　ようこそ並木座へ、ちいさな映画館をめぐるとっておきの物語　1980円

つげ義春を読め　清水 正

つげマンガ完全読本！　五〇編の謎をコマごとに解き明かす鮮烈批評。　5170円

*実用・ビジネス

国旗と世界のストーリー
米村典紘

世界各国の国旗とその由来、その国の基本情報などを掲載。歴史や文化についてのコラムや各大陸別の国旗の傾向なども。 1980円

Pythonで学ぶ 回路シミュレーションとモデリング 盛 健次 松澤 昭

Pythonを学ぶ人々へ向けて書かれたテキスト。学生および企業／法人の学習に最適なオールカラー588頁。 6160円

MATLABで学ぶ 回路シミュレーションとモデリング 盛 健次 松澤 昭

MATLAB/SIMULINKを学ぶ人々へ向けて書かれたテキスト。学生および企業／法人の学習に最適なオールカラー546頁。 6160円

AutoCAD LT 標準教科書
2019／2020／2021 2022対応（オールカラー）
中森隆道

25年にわたる企業講習と職業訓練校での実績に基づく決定版。初心者から実務者まで無料動画による学習対応の524頁。 3300円

ICCP国際認定CAATs技術者
1冊で学べる！ICCP試験対策テキスト
弓場啓司・上野哲司 監修 弓場多恵子 著

データアナリティクス時代の注目の資格！日本で唯一のICCP試験対策テキスト！基礎確認問題・試験対策問題付。 3520円

誰でもわかる
和音のしくみ
末松 登 編著／橘 知子 監修

自ら音楽を楽しむ人々、音楽を学ぶ人々のため、和音の成り立ちと進行を誰にでもわかるよう解説する。 1600円

胃腸にやさしいディフェンシブフード
自律神経を整える食事
松原秀樹

40年悩まされたアレルギーが治った！重度の冷え・だるさも消失した！ディフェンシブフードとは？ 1650円

現代アラビア語辞典
——アラビア語日本語
田中博一／スバイハット レイス 監修

本邦初1000頁を超える本格的かつ、実用的アラビア語日本語辞典。見出し語1万語以上で列文・熟語多数。 11000円

心に触れるホームページをつくる 秋山典丈
従来のHP作成・SEO本とは一線を画しコンテンツの書き方に焦点を当てる。 1760円

開運虎の巻 街頭易者の独り言 天童春樹
三十余年六万人の鑑定実績。あなたと身内の運命と開運法をお話しします 1650円

成果主義人事制度をつくる 松本順市
30日でつくれる人事制度だから、業績向上が実現できる。（第11刷出来） 1760円

腹話術入門（第4刷出来） 花丘奈果
発声方法、台本づくり、手軽な人形作りまで一人で楽しく習得。台本も満載。 1980円

南京玉すだれ入門（2刷）花丘奈果
いつでも、どこでも、誰にでも、見て楽しく演じて楽しい元祖・大道芸を解説。 1760円

初心者のための蒸気タービン 山岡勝己
原理から応用、保守点検、今後へのヒントなどベテランにも役立つ。技術者必携。 3080円

"できる人"がやっている "質の高い"仕事の進め方 糸藤正士
秘訣はトリプルスリー 1760円

現代日本語アラビア語辞典
田中博一／スバイハット レイス 監修
見出語約1万語、列文1万2千収録。 8800円

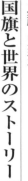

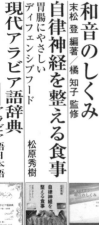

くのを公然と助けてくれました。権勢高いエッツェル王は、両手をよじりながら、ここディエトリーヒの傍らに、嘆きつつ、立っていました。〔１６７４―１６８０〕

戦士のウォルフハルトは、激しい戦いのさなか、剣を手にしっかりと握り締めていました。この勇士は死んでいましたが、それでも、ディエトリーヒとヒルデブラントは、この激しやすく向こう見ずな男の手から、剣を取りはずすことができませんでした。遂には、彼らは、やっとここを使って、この戦士の長い指の中から剣を取り出さざるを得ませんでした。〔１６８１―１６９１〕

剣を得たとき、「ああ、悲しいかな」とディエトリーヒ王が言いました、「見事な剣よ、今となってはだれがお前を、かくも雄々しく、身に帯びると言うのだ。お前が、権勢高い王たちの近くで、かくも猛烈に振り下ろされることは、もうこの先二度とないであろう、ウォルフハルトがお前を見事に振り下ろしたほどには。わしがかつて生を受けたことこそ哀れよ！　わしの助力者たちはわしから、すっかり、奪い取られてしまった！　亡命者のわしは一体どこへ行けばいいと言うのだ」〔１６９２―１７０２〕

ウォルフハルトは、これら戦士たちの前の血溜りの中に、歯を食いしばったまま、まだ横たわっていました。この勇敢な戦士を灰の中から抱き上げるようにと、命が下されました。彼の主君は、鎖鎧を脱がし、彼を水で洗い清めるようにと、命じました。〔１７０３―１７０９〕

ウォルフハルトの死によって、大きな希望の数々がディエトリーヒからすっかり消え失せてしまいました。彼は、この優秀な勇士の上に身をかがめていました。この勇士の死は彼に苦しみをもたらしました。彼は、この家臣が彼に奉仕してくれたことを、なんといろいろと思い出したことでしょう！　そういうわけで、彼は語り始めました。〔１７１０―１７１６〕

「ああ、痛ましいことよ」とディエトリーヒ王は言いました、「お前、勇士よ、お前は今はもう二度と戦闘でわしを、お前がしばしば浴させてくれたあのような誉れに、浴させてはくれないのだ、これを思うと、わしの心は痛む。神のわしへの思し召しが芳しくなく、神はお前を生かしておかれなかった。〔1717–1723〕

どこで激戦になっても、お前はいつもわしの傍らにいてくれた。今はもはや、わしは、不運なことに、お前に希望を託するわけにはいかなくなった。高位の王のエッツェル様もお前から数々の勝利を受け取られたものだ。残念ながら今は、お前の助けがわしらから消え失せてしまう、そういう事態となってしまった。〔1724–1731〕

お前の顔色はギーゼルヘルより受けた傷のため蒼白となってしまっている。今このとき、この仇をだれに返すべきか、それがわしに分かっていれば、徳高き家臣よ、どんなにか喜んでわしはお前に奉仕するであろうに！　お前がしばしばわしにそうしてくれたように！　けれども遺憾ながら、そんなことはまったくあろうはずがない。〔1732–1739〕

わしの希望はすべてここで終わりとなってしまった。わしの長い亡命生活の惨めさはいよいよ深まってしまった。あの日こそ忌まわしいことよ！　わしがかつてベルネを立ち去ったあの日こそ！〔1740–1745〕

わが親族の者たちにわが家臣たちよ、お前たちは喜んでわしとともに歩んでくれた。わしになさねばならぬことがあるときには、それが何であれ、お前たちはみな一緒になってわしを助けてくれた。今やわしは天涯孤独の身となってしまった」〔1746–1750〕

そこで武の師ヒルデブラントが言いました、「ああ、高貴この上ない勇士よ、どうしてあなた様はその嘆きをやめようとなさらないのですか。嘆けば何か私どもに益があるのであれば、私だってこの高貴な戦士のことをいつまでも嘆くことでしょうよ。この戦士は私の妹の息子なのですから。〔１７５１‐１７５７〕主君よ、あなた様はそうすべきではありません。お心を苦悩から転じてくださいませ。嘆いたとて、だれのためにもなりません」〔１７５８‐１７６０〕

人々はこの武人を運び去っていきました。彼は、この国の住民たちからつくづくと見つめられました。人々は、死んだ後ではあったが、この勇士を優しく撫で始めました。この勇士は多くの女性たちの白い手によって触られたのでした。〔１７６１‐１７６７〕

男であれ女であれ、以前彼を知っていた人々は、みな、両手をぎゅっと押し合わせて、この勇士のことを激しく泣きました。死んだ後に嘆かれることが人にとって名誉なことであるなら、ウォルフハルトは、本当に、多くの誉れを得たのでありました。〔１７６８‐１７７５〕

彼とともに数々の鋭い太刀打ちは消え失せてしまいました。嘆きが千年の長きにわたって続いたとしても、それでもいつかは、事は忘れ去られざるを得ないでありましょう。〔１７７６‐１７７９〕

領邦君主のエッツェルは扉口《とびらぐち》の下の血溜りの中へ坐り込んでしまいました。この高貴な勇士は激しく嘆き、だれも彼を慰めることはできませんでした。〔１７８０‐１７８３〕

この後すぐに、高貴な生れの戦士、ブルグント国のギーゼルヘルが、彼がウォルフハルトを討った場所で、発見されました。彼の傍らには、彼に打ち殺された者たちが、なお多数、横たわっていました。そのとき彼

ら、ディエトリーヒとヒルデブラントは、彼らの敵のことを嘆き始めました。〔1784–1791〕
彼らは言いました、「ああ、哀れなことよ、そなたの国は、今や、そなたの跡を継ぐ者もいなくなってしまった。ああ、悲しいことよ、今や、そなたの黄金を、そなたが与えたように与える者は、もうだれもいない。そなたは世人を喜ばせ楽しませるためにどんなことでもなすことができたが、何をなしても、これでもう十分だと、そなたに思われることは決してなかった、それほどまでに、そなたは絶えず名声を心にかけていた。〔1792–1799〕
そなたは、名声の高みを果敢に求めて、遂には死に至ってしまった。そなたはここでわしらにかくも数々の苦しみを与えたが、これほどまでに激しく、年若い勇士が仇を返したことはなかった。そなたの名だたる勇猛心は、わしから勇敢なベルネ人の三十名を、いな、それ以上を、討ち取ってしまった。〔1800–1808〕
ああ、勇敢な武士にして楽人のフォルケールが彼に勧めた通りに、事が進みさえしていればよかったものを！　そうなっていれば、高位のあの若き王は辺境伯令嬢の夫となっていたであろうに。彼らブルグントの人々がベヒェラーレンのリュエデゲールのもとに滞在していた折、彼らは、協議して、この手筈を整えておいたのだ。〔1809–1816〕
彼ギーゼルヘルは、喜びに満ちた生涯を送ろうと、令嬢を妻にすることを約束した。令嬢もこの武人を夫とする旨、約束した。ところが今や、彼らの希望もわしの喜びもつぶれてしまった。〔1817–1821〕
この高貴な生れの勇士が今なお生きていれば、わしはこの先二度と〔故国の〕王たちによって追放されることはないであろうに。辺境伯夫人のゴテリントはわしの叔母の娘である。だから、夫人はわしの跡目を継ぐことになる。今や、眉目麗しい令嬢は、痛ましいことに、あまりにも早く後家《ごけ》となってしまった。このよ

うな事態を終わりとしてくださるよう、神にお願いする以外、わしは、わしのなすべきことを、知らない」〔１８２２─１８３１〕

人々は、手をみしみしきしませながら、この名だたる勇士を抱き上げましたが、彼はとても重すぎて、彼らの手から抜け、戦いのあった場所へ落ちてしまいました。そこで、広間は、女たちや男たちの嘆き声で、再び鳴り響くのでした。それでも人々はギーゼルヘルを、クリエムヒルトの横たわっているところへ、運んでいきました。〔１８３２─１８３９〕

ブルグント国の騎士見習いたちを一箇所に運び集めるよう、命が下されました。これは、彼らはキリスト教徒なので、彼らの天使たちは彼らの魂がどこへ向かうかをよくよく承知している、これを信頼して取られた措置でした。〔１８４０─１８４５〕

これ以前にも、心痛からしぼり出される嘆き声は聞こえていましたが、今や、キリスト教徒も異教徒も、双方ともが、悲嘆の声を上げるのでした。彼らの嘆きに節度などありませんでした。〔１８４６─１８５０〕

次いでゲールノートが見出されましたが、彼は、ひどく切り刻まれ、致命傷を負わされていました。それは、胸にかけて下の方へ優に一エレにわたって切り裂かれた深手でありました。〔１８５１─１８５５〕

この武人が、身を守るために、いかに上手にその盾を構える術を心得ていたとはいえ、リュエデゲールが彼をあまりにひどく傷つけたので、もはやその傷から生き延びることはできませんでした。それがもとでこの勇士は死なざるを得なかったのです。何となれば、彼らが戦闘に入ったところで彼の相手をしたのは、手だれの勇士、ベヒェラーレンのリュエデゲールであったのですから。〔１８５６─１８６６〕

ゲールノートもリュエデゲールを打ち殺しました。人々は、この世の終わりに至るまで、リュエデゲールのことを嘆きやめることは、決してできないでありましょう。老ヒルデブラントは、ゲールノートの手の中に、リュエデゲールが彼に与えた贈物〔の剣〕があるのを、認めました。勇士リュエデゲールがこんな贈物をしなかったならば、彼は、もしかしたら、生き延びたのではないでしょうか。〔1867–1875〕

ゲールノート王以上に勇敢な者は一人としてあり得なかったでありましょう。見れば、彼の手にはまだ、血でぬれ赤く染まった剣が、握られていました。武の師ヒルデブラントはその剣の刃をつくづくと眺めましたが、彼はそのどこにも刃こぼれもしみも見出せませんでした。と言うのは、リュエデゲールは最高のやり方で贈物をなす術を心得ていたからです。彼は、その全生涯を通じ、ひたすら誉れを得ようと努めました。それだけに彼を悼む声は一段と高かまるのでした。〔1876–1888〕

さてそのとき、権勢高い王のエッツェルがディエトリーヒ王に語りました、「この勇士ゲールノートが万一生きていれば、わしはわしの譲るべきすべてものをわしの息子にしかと譲り渡したであろうに。この子は、常に最良のことをなした、あのブルグントの国の王たちに似てきたことであろう。わが息子も同様に振る舞ったであろうに。〔1889–1897〕

わが息子にわしはわが諸邦を譲ったであろう。そうすれば、わが息子は極めて権勢を高め、彼らブルグントの王たちは、みな同様に、この武人のわが息子を頼りとしたことであろう。しかし今は、息子がかつて得た最上の一族は、死んでここに横たわっている。優秀なゲールノートよ、ああ、悲しいことよ、わしがそなたの傷を、そしてそなたの死を、起きなかったことにすることができないとは！　だからもう、わしの生涯はいとわしいものになるほかはなかろう。〔1898–1907〕

クリエムヒルトは、ハゲネを彼ら三兄弟王からうまく引き離せたであろうに、ただ、女の分別なんて、いつだって、寸法が足りた例《ため》しなどないものだ。女性たちの愚かな心で考えると、彼女らの方が、誉れを目指してひたすら心を砕く者よりも、より分別がある、ということになる。〔1908－1915〕

今となっては、このことがわが妻にもはっきりと見て取れる、つまり、妻はそのように賢いつもりでいたろうが、しかし、取るに足らない男ですら、分別を働かせて、妻よりましなことをなしたであろうに」〔1916－1920〕

そこでエッツェル王は、ゲールノートを、罪のあるこの死者を、いなかる恥辱行為もなさないようにと留意していたこの死者を、手を添えて持ち上げるようにと、命じました。次いで、高貴な王は彼を運び去るよう命じました。〔1921－1927〕

この戦士ゲールノートは、体つきはがっしりし、背丈もずいぶんとありましたので、戦死者たちを運び出す扉口は、搬出者たちにとっては、狭すぎることになってしまいました。高貴な生れにして名高いこの勇士は、今どんなに重たかろうとも、以前はとても敏捷であったのです。〔1928－1934〕

彼が扉口から運び出されてきますと、いつも誉れを心にかけている貴婦人たちが、彼を見ようと、扉口の前の彼のところへ駆けて行きました。ゲールノートがまだ生きているときにそうすれば、彼女らにとってもっと意義のある振る舞いとなったでしょうに（私がこう申しますのも当然でございましょう）。〔1935－1941〕

神は彼女らに、彼女らのうちのだれかが生きている健やかな彼を見る、そういう喜びが彼女らの身に起こるように、取り計らってくださろうとはなさりませんでした。ゲールノートは多くの女性たちからひどく嘆

かれました。ただ今はもう、泣き声と嘆きの声のほかは何もありませんでした。〔1942‐1949〕
これはみなさまにお伝えしておきたいのですが、未熟な者たちが経験豊かな者たちとともに嘆いていました、年端のいかぬ者たちが白髪の者たちとともにこぞって嘆き、そのため、城壁の石が割れて落ちかねないほどでありました。その後、この勇敢な戦士は、更に遠くへ、野外へと運ばれていきました。〔1950‐1957〕

その後すぐにリュエデゲールが見出されましたが、勇士たる者がこの世でこれほどに激しく悼まれたことは、もはや二度とありませんでした。この勇士において、この世の歓喜が本当に失われてしまい、そのため、辺境伯が死んだときほどに多くの誉れが、一族から、消滅していったことはありませんでした。〔1958‐1966〕

今は、この苦しみ悲しみはひとまず措いて、そして、ディエトリーヒが、いな、彼と武の師ヒルデブラントが、この権威ある辺境伯が死んで自らの盾の上に横たわっているのを見たとき、ディエトリーヒが何を語ったか、それをみなさまにお話しいたしましょう。〔1967‐1972〕
「こんな今となるくらいなら、わしは十二年前に死ねばよかったのだ。そなたはわしをこのような苦境の中に置き去りにしてしまった。だから、わしは埋葬された方が、まさに、いいくらいだ。今や、だれを頼りにせよと言うのだ。わが最高の親族が、わしの喜びと幸せが、そなた一人とともに、滅びてしまった。〔1973‐1981〕
そなた以上に誠実な武者がいた例《ため》しは決してなかったし、思うに、またこの先、この地上に一人として現れることもないであろう。そのことをそなたはわしにはっきりと示してくれた。わしがわしの敵どもを逃れてわしの国を立ち退かざるを得なくなったとき、リュエデゲールよ、わしは、誠実を、そなた一人のところ以外、どこにも見出さなかった。〔１９８２－１９８９〕

偉大なエッツェル王はわしに対して敵意むき出しの怒りを抱いておられたので、王がわしを生かしておかれるように計らうなどと、わしに確約するなんてことは、だれにもできることではなかった。〔１９９０－１９９４〕

わしは、そなたの助けを信頼して、わしと敵対している武人たちのところへ駒を進めた。すると、リュエデゲールよ、そなたは、『私がこの方の逮捕を容認するくらいなら、高貴なるエッツェル王は、先ず、この私を絞首台に吊るさねばなりませぬ』と誓言してくれた。〔１９９５－２０００〕

そなたは、エッツェル王があんなにも大きなわしの罪を水に流すという恩恵を、わしのために手に入れてくれた。まことの心を込めて、そなたはそれをなしてくれた。そなたは、わしがそなたの傍らにいるのを自身の目でしばしば見掛けてきた王の家臣たちに対しても、わしがそなたの傍らにいたことを、打ち消してくれた。〔２００１－２００７〕

勇士よ、わしはそなたに守護されて、エッツェル王に近づけることになり、遂には、心優しいヘルヒェ様が、あの高貴な生まれのお妃様が、そなたを通して、そなたが苦境のわしを支援してくれていることに、気づかれることとなった。〔２００８－２０１３〕

王妃の淑徳の命じるまま、王妃は、ますます熱心に、どのような手立てをお考えであれ、ともかく、わしが王の恩恵に与かれるようにと、徳操高き勇士よ、そなたとともに、努めてくださった。〔２０１４－２０１９〕

こういったことをすべて、そなたは権勢高いエッツェル王にとりなしてくれた。そのため、王は、慈悲深くも、このわしをその恩恵の中へ迎え入れてくださった。その上更に、そなたは、誠実を尽くしてくれて、わしをそなたの温情の外へ放り出すようなことは決してしなかった。異国にあってわしとわしの家臣たちに欠けているものは、何であれ、そなたは、気前のよさを発揮して自らの手で、そういったものすべてをわしに補ってくれた。〔2020–2029〕

ああ、痛ましいことよ、そなたの好意をわしから今やかくも遠くへ運び去った者は、その者こそ、わしの宝庫からわしの蓄えのすべてを奪ってしまったのだ！　そなたの死は、異国暮らしのわしにとっては、まことに深い打撃であった。神がそなたを生かしておいてくださったならば、それこそよきお計らいであったものを」〔2030–2037〕

ディエトリーヒは節度もなく大声を張り上げて泣き叫びました。そのため権勢高いエッツェル王はそのことにひどく驚きましたが、王が驚愕するのも当然でありました。〔2038–2042〕

そこで権勢高い王のエッツェルが言いました、「わしが、そなたとともに、リュエデゲールのことを嘆くのも実に当然であろう。彼の誠実がわし〔の名声〕を、まるで風が羽毛を舞い上げるように、高みへと運んでくれたものだ。母の子が、彼ほどにまったく不実を知らぬ者へと、成長した例《ため》しはなかったぞ。〔2043–2049〕

わしは思うに、王たる者が彼以上に勇敢なる家臣を失ったことはなかったであろう。わしが彼と知り合うようになって以来、彼がわしに誤った忠告をなしたことは一度としてなかった。彼がわしと打ち合わせに入るときは、いつでも、あの勇士がわしに望むことは、何事であれ、わしは直ちに実行に移さざるを得なかったものだ。〔2050–2056〕

ああ、今はこういったことも終わりとなってしまった。わしの心はさまざまな苦痛にすっぽりと包み込まれてしまっている。あの家臣がまだ生きていれば、彼は、たとえ王千人が所有できるものであろうとも、そんなもの、彼には多過ぎるなんてことはないと言わんばかりに、気前のよさを発揮して、たった一人で、存分に与え尽くしたことであろう。〔２０５７‐２０６４〕

ああ、悲しいことよ、人はだれでもその者に定められた最期の日が来るまでは、死ぬことができぬとは！　わしの最期の日が来ておれば、わしもまた今は死んでしまっていて然るべきであろうに。何となれば、わしはこんなにも多くの誠実な武士がここで死んでいるのを眼前にしているのだから。〔２０６５‐２０６９〕

わしの戦士たちは、まるでライオンに食いちぎられた家畜のように、死んで横たわっている。かつてわしに敵意を抱いていた者たちは、今となっては、わしを容易に脅すことができようぞ、わしは彼らすべてに対して無害となってしまったのだから」〔２０７０‐２０７４〕

そこでディエトリーヒ王が言いました、「高貴な生れの王よ、リュエデゲールの多大な貢献に鑑みて、私の愛しいいとこのことも、また、リュエデゲールの娘のことも、思いやってくださいませ！　彼女らは、あなた様の宮廷の廷臣たちの中にあって、あなた様の誉れとなり、また、あなた様に多くの賞賛をもたらしました」〔２０７５‐２０８２〕

ボテルンクの息子が答えました、「ディエトリーヒよ、たとえそなたがそのようなことを願わなくとも、わしは当然そうすべきであろうし、彼女らは、この先ずっとわしのことを、まるでわしが彼女らの父であるかのように、頼りにすればよかろう」〔２０８３‐２０８７〕

エッツェル王はヒルデブラントに、この高貴な勇士を血溜りの中から抱き起こすようにと、頼みました。ヒルデブラント自身も負傷していました。それは猛々しいハゲネが負わせたものでした。この武士が身をかがめると、彼の傷口から血が流れ出しました。これにはこの名だたる勇士も困ってしまいました。賞賛かぎりないリュエデゲールは、彼には、いささか重過ぎたのでした。〔2088―2097〕

彼はリュエデゲールを辛うじて運んでいきました。この勇士は、リュエデゲールを扉口まで運んだところで、力尽き、彼を扉口の外へ運び出すことはできませんでした。このような奉仕は、今日でも、男手一つでは、なかなかうまくはいかないものでございましょう。〔2098―2103〕

エッツェル王はこの武人ヒルデブラントをつくづくと見つめました。彼の力は消え失せ、その顔色も蒼白となっていました。彼はリュエデゲールの上にくずおれてしまったのです。これには高貴な生れのベルネ人のディエトリーヒもいたく驚いてしまいました。ディエトリーヒの心はひどく痛みました。ヒルデブラントが再び力を取り戻す助けとなるようにと、水を求めて人が走りました。〔2104―2113〕

エッツェル王は、血溜りの中へ膝をついて、ヒルデブラントの方へしゃがみ込みました。そして勇敢な勇士〔の王〕は、彼に水を注いでやりました。ヒルデブラントは、恥じ入りました。彼の頭は、びっしょりと汗にぬれて、エッツェル王の手の中に横たわっていたのです。〔2114―2119〕

彼ヒルデブラントが長きにわたって奉仕した人が、〔つまり、エッツェル王が、〕当然のお返しとして、彼に奉仕してやったのです。彼は、王の寵を得ようと、幾度も戦場で見事な手綱さばきを見せてきましたから。エッツェル王が今なしたことが、もし差し控えられていたならば、それはまずいことであったでしょう。〔2120―2125〕

ヒルデブラントは、広間の扉口をもっと大きく開くよう乞いました。広間の中で何があったかが語られると、そのハプニングゆえに、ここ広間の外では、途方もなく大きなどよめきが起こりました。〔2126―2130〕

人々はもはやぐずぐずしてはいませんでした。数々の徳の父なるリュエデゲールは運び出されていきましたが、若い時から高齢に至るまで、彼以上に誠実を尽くした者は、一人として、いませんでした。運び出されると、数多くの母の子たちから、沈黙がすっかり奪い取られてしまいました。従者たちは、すべて、各人各様、声を張りあげて泣き出すのでした。〔２１３１-２１４０〕

人々は、貧しい者も富める者も、みな一様に、声をかぎりに叫び声を上げました。喜びの気持ちなど一切ありませんでした。そのため、彼らの足下の地面が割けて口を開けてしまいかねないほどでありました。乙女も婦人も男たちも、リュエデゲールのことを心から痛ましく嘆きましたので、塔も宮殿も、およそ建物という建物はすべて、その号泣の声に響きを返すのでありました。〔２１４１-２１５１〕

涙が、心の底から目にあふれ出て、流れを成して落ちていました。見れば、多くの美しい女性たちはすっかり正気を失ってしまい、その衣装は、ずたずたに引きちぎられて、彼女らの体から垂れ下がっていました。数々の高貴な生れの乙女たちが、頭から髪の毛をむしり取る有様でした。〔２１５２-２１５９〕

災いがつきまとって、彼女らを屈服させてしまったのです。彼女らの顔は、多く、血まみれになっており、その白い手で心臓を強くたたく乙女も少なくありませんでした。〔２１６０-２１６５〕

老いも若きも、今後二度と人々によって聞かれることはないほどに痛々しく、泣き嘆きましたので、それは、まるで鶴の群れが甲高い鳴き声を上げながらこの国へやって来たようでありました。エッツェルとディエトリーヒの苦しみは、損失の真相が明らかになるにつれて、ますます大きくなっていくのでした。〔２１６６-２１７４〕

そこで、最も主立った者たちを、見出されるかぎり、直ちに葬儀用担架の上に横たえるように、との命が下されました。彼らのうちから、キリスト教徒・異教徒合わせて、千七百名が選び出されました。味方も敵も葬儀用担架に安置されました。〔2175-2181〕

多くの高貴な生れの令嬢たちによって今からここでなされることに比べれば、これ以前に嘆かれたことは、すべて、まったく無に等しいものでありました。〔2182-2185〕

喜びもなく、苦悩に包まれて、みやびやかな宮廷人たちが、つまり、位高き王たちの親族が、このような貴人たちのうちから、ヘルヒェ妃が教育しておられた、八十六名もの乙女たちが、苦しみに胸を痛めつつ、そこへやって来ました。彼女らにとって、かつての喜びは虹の上に築かれた、もろくもはかないものでありました。〔2186-2193〕

彼女らがこんなに落ちぶれてしまうなんて、だれが信じることができたでありましょうか。彼女らの心の支えは、すっかり、彼女らから奪い取られてしまったのです。〔2194-2196〕

言い伝えをもとに私が承知しております、と申しますのも、それらの名前は書き留められているのでございますが、そういった名前の一端を、みなさまに挙げてみましょう。ヘルヒェ妃の妹様のご令嬢であられる、気品あふれるヘルラート様が、そこへお出ましになりました。そこで、ディエトリーヒ様の途方もなく激しい心の痛みは、いっそうその度を深めるのでありました。〔2197-2203〕

高貴なお生まれの方々が、なお次々と、お出ましになりました。ニートゲール王の令嬢、愛らしいジゲリント様も、また、ある王の高貴な王女、ゴルドルーン令嬢も、そこへお出ましになり、この痛ましい光景をご覧になりました。〔2204-2209〕

　この王は、名はリウデゲール、フランケンの国を統治なさっていました。この王のために、ヘルヒェ様が、愛情を込めて、その王女を教育なさっていたのです。この若き令嬢とともに、二人の権勢揺るぎない王の王女、ヒルデブルク様とヘルリント様が、このあとやって来られました。いかなる点においても非の打ちどころのないヒルデブルク様は、ノルマンディーのご出身であり、一方、ヘルリント様は、ギリシアのご出身でありました。〔２２１０–２２１９〕

　これらの淑女たちの中には、嘆きがもとで病気になってしまう方も多く見出されました。これらの令嬢たちに続いて、勇敢なジントラム様の令嬢、アデリント大公夫人が、直ちに、やって来られました。〔２２２０–２２２４〕

　この勇士ジントラムは、その名をよく知られており、オーストリアの辺境を治めていました。その城はハンガリーとの国境にあり、今日でもピュテン〔＝ピッテン〕の名を有しております。私がここで話題にした令嬢は、幼少のころ、そこで成長なさいました。〔２２２５–２２３０〕

　ヘルヒェ様がフン族の国でお育てになり、その後クリエムヒルト様に引き継がれた令嬢たちが、みなみな、私たちに知られているわけではありません。彼女らは、エッツェル王とヘルヒェ妃に敬意を表して、送り出されたのであります。〔２２３１–２２３５〕

　ヘルヒェ様の淑徳を知る者で、進んで妃に自分の娘を委ねない、それほどまでに格の高い者は、どこの国を探しても、見出されませんでした。さて、この後、八十名もの諸侯の令嬢たちが、この嘆声どよめく場所へやって来ました。〔２２３６–２２４１〕

　自分の夫や親戚が死んで横たわっている、こうして寡婦の身となった女たちが、一人残らず、駆けつけて来ました。この世でかつて見られたうちで最大の悲嘆痛哭の苦しみが生じました。そのためエッツェルの国は喜びをすっかり失くしてしまったのです。〔2242−2247〕

このぞっとするような情報を知って、地方の住民たちは、激しく嘆きながら、城下へ出かけて行きました。〔2248−2251〕

朝から晩まで四方八方から人々は押し寄せて来ました。彼らは直ちに自分らの親族を探しにかかり、戦場のあらゆるところを、城館の前を、また広間の中を、まるで市《いち》の屋台《やたい》の間を通り抜けて行くかのように、探し回りました。死神は、この国のあちらにもこちらにも、その種子をまいてしまっていたのです。〔2252−2259〕

各人それぞれに、自分の血縁者がどこで打ち倒されていようとも、それを見つけ出しましたが、その際、自分らの血縁者を血溜りの中から運び出している人々の姿が、少なからず、見られたのでありました。すると直ちに、高貴な女性たちが、今までになかったほどに激しく、嘆き始めました。〔2260−2266〕

彼女らのまことの心が、その嘆きの悲痛さに見て取れました。見れば、乙女たちの手によって、また、多くの高貴な生まれの婦人たちの手によって、見事に飾り立てられた衣装が、数々、彼女らの体から引きちぎられているのでした。彼女らは、装飾の金は自分らの苦しみにそぐわないと、思ったのでした。〔2267−2273〕

死者が人々にとってどんなに不快なものであろうとも、ここでは、切り刻まれ死に至らしめられた多くの死者が、接吻され、愛撫されている様が見られました。〔2274−2278〕

かつて戦死者たちであれほどにあふれていた宮殿も、今は空となってしまいました。最も身分の高い人で

あれ、最も身分の低い人であれ、こういった人々の心を慰めることはだれにもできませんでした。〔２２７９–２２８２〕

人が以前何を嘆いたとはいえ、嘆きについてこれまで何が語られてきたとはいえ、あるいはこの先何を嘆くことになろうとも、そういった嘆きの無限の泉がすべてここに寄り集まって段丘を成していました。〔２２８３–２２８７〕

さて、ディエトリーヒ王は美しいヘルラートの声を耳にしました。彼自身これまで数々の苦しみを味わされてきたとはいえ、それでも、彼は、彼女の苦しみに哀れみの心を抱くのでした。ヘルラートと他の多くの乙女たちは、ディエトリーヒの指示することに従うほかはありませんでした。わずかながらでも、彼は、彼女らをその苦しみから解き放ってやりました。〔つまり、〕彼は、彼女らをこの場から向こうへ連れ出すようにと、指示を出したのでした。〔２２８８–２２９５〕

その後、ディエトリーヒ王とヒルデブラントは、なんと多忙を極めたことでありましょう！　彼らは、権勢高い三人の王を直ちに柩《ひつぎ》に納めさせました。〔２２９６–２２９９〕

ディエトリーヒが、これら高貴な生れにして権勢高い王たちを特別扱いさせるという、まことの心を堅持していたことに対し、神が彼に恵みをお与えになりますように！　このような丁重な扱いがなされたのは、まっとうなことでありました。〔２３００–２３０４〕

エッツェル王は直ちに、彼の妻と息子が葬儀用担架の上に寝かされているところへ行きました。王は、愛惜の念に胸が痛み、気を失ってしまいました。悲嘆の思いは極めて激しく、そのとき王の耳と口から血がどっと流れ出る事態となりました。〔２３０５–２３１３〕

この高貴な勇士エッツェルはあまりに痛ましく嘆いたので、彼がこの悲嘆から生き延びたのは、大きな奇跡でありました。嘆きをじっとこらえて声に出さない、そんなことがだれにできたでありましょうか。この惨めな有様を目にせざるを得なかった人々は、みな、王とともに嘆き始めました。〔2314−2319〕

騎士や貴婦人たちは、彼ら自身、悲痛な嘆きの中にありましたけれども、権勢高い王がこうして命を失うことなく、もっと明るい希望を抱かれるように、と願うのでした。そうなれば、王にとっても騎士や貴婦人たちにとっても好ましいことでありましたろうに。彼らは、この勇士の心を慰めました。〔2320−2326〕

彼ら二人のために、〔つまり、クリエムヒルトとオルトリエプのために、〕一つの柩が準備されました。これは幅広くて堅固な造りで、これに彼ら二人を安置しようというのでした。金糸の縫い取りのある絹布は、それは高価で豪華なものであり、精巧に織られており、異教徒たちの地からはるばると運ばれてきた絹織物でありましたが、それに彼ら二人を、王の息子と王の妻を、包み込みました。〔2327−2335〕

彼ら二人の亡骸は、王族としての名誉にふさわしく厳かに、埋葬されました。彼らの魂の平安がいや増すよう、人々は、神に御魂をお引き受けくださいますようにと願いました。偉大なボテルンクの息子である武士ブレーデルについても同様の弔いがなされました。〔2336−2341〕

ただただまことにふさわしいことをなす、これ以外に、ディエトリーヒ王は、今、何をなすことができたでありましょうか。ミサをあげることを任務とする者たちを、見出し得るかぎり一人残らず、彼は、すぐに連れて来させました。彼は事を然るべく調える術を心得ていました、つまり、キリスト教徒たちには彼らの聖職者たちを、異教徒たちには彼らにふさわしい聖職者たちを振り当てました。〔2342−2349〕

ミサの後直ちに、誠実なリュエデゲールの遺骸は引き取られ、彼とともに、大いなる誉れもまた、彼の墓の中へ埋葬されたのでありました。聖職者たちの手には多くの聖十字架の錫杖《しゃくじょう》が握られているのが見られました。ストラ〔頸垂帯〕を掛けた聖職者たちが、数々見られましたが、彼らは、みな一様に、天なる神と大天使聖ミカエルに、彼らすべての人々の御魂に哀れみをお恵みくださいますようにと、祈願しました。〔2350―2360〕

人々は、もはや待たず、そこで王侯と呼ばれていた方々を、埋葬しました。王たちは、多くの柩に納められ、厳粛に埋葬されました。猛きハゲネと彼の戦友フォルケールならびに誇り高い武人のダンクワルトは、三人とも揃って、彼らの主君たちの傍近くに横たえられました。デネマルクの王である剛勇の武人ハーワルト、更にイーリンクとイルンフリト、これら三人もともに、厳かに、埋葬されました。〔2361―2375〕

その他の国々からこの度の祝宴へやって来ていた人々に対しても、そこ〔納棺の場〕では丁重な扱いがなされました。すべての人々が、自国の者も客人たちも、それぞれの永い眠りの休息の場へと、急いで運ばれていきました。〔2376―2382〕

人々は休息も取りませんでした。高位の方々を埋葬し終わるのに、作業は三日目まで続きました。人々の疲れは、埋葬される権利のあるその他の武人たちがすっかり埋葬されるまでには、ますますひどくなるに違いありませんでした。〔2383―2388〕

そこで、エッツェルとディエトリーヒは、次の点で意見の一致を見ました、つまり、異郷の人々全員を個々別々に埋葬しようとすれば、だれもそれをなし終えることはできないであろう、彼らは一つの墓所に埋葬されざるを得ない、その墓をその分だけ深く広くすれば、然るべき時間内にきちんと埋葬を終えることができるであろう、と。〔2389―2397〕

エッツェル王は直ちに、この国の住民たちが、全員一緒になって取りかかり、槍の柄七本分の幅と深さのある穴を地中へ掘るようにと、指示しました。思うに、この先二度と、これほどまでに心を痛めながら、墓穴が掘られることはないでありましょう。〔2398–2405〕

騎士見習いたちの亡骸が持ち上げられました。彼らは、グンテルとその家臣たちが自分らと一緒にこの国へ連れて来た、ラインの従者たちでありました。彼らのうち九千名が見出されましたが、彼らの身に、真っ先に、死の苦難が降りかかったのでした。その場の人たちは、苦痛にせき立てられて、これら騎士見習いたちの哀れさに、両手をよじるのでありました。〔2406–2414〕

そこではまだまだ多くの死者たちが見出されました。私がしばしばみなさまにお話しましたように、苦しみと痛みの中、彼らはあの墓の中へ横たえられました。彼らがみな墓所へ入ってしまうと、そのときになってはじめて、墓から引き返して来た人々の間から、身も世もない激しい悲嘆の叫びが聞かれました。それは、いついかなるときも彼らが今までまだ一度もなしたことのなかったほどの慟哭でありました。〔2415–2424〕

それは、キリスト教徒たちによる、また、異教徒たちによる辛い別れでありました。彼らの嘆きはとても痛ましく、これについてはこの先ずっと最後の審判の日に至るまで語り継がれることでありましょう。彼らには喜びなどふさわしいことではなかったので、まだ生きている人々のうちだれ一人として、他人のことに気を配る者はありませんでした。〔2425–2433〕

エッツェル王が無愛想な態度でいるのが見て取れました。王は、左右いずれの側にも秀抜の武士の一人すら見出さなかったので、ベルネの王のディエトリーヒに話しかけました、「わしは、今はもう諦めなくてはならないのだが、あの多くの者たちが、本当に、まだ身近にいてくれたら、どんなにか嬉しかろうに。わしの不運がわしからすべての喜びを奪ってしまった」〔２４３４―２４４３〕

ディエトリーヒ王は答えた、「げにあなた様はそのなりふり構わぬ激しい悲嘆をおやめなさいませ。あなた様に仕えている者たちが、みながみな、まだ埋葬されたわけではありません！　王よ、あなた様は、実際、あなた様の領国に勇士たちをきちんと配置することができるのですよ。〔２４４４―２４４９〕

神は、慈悲をかけて、あなた様の苦しみの埋め合わせをなさることができます。だってあなた様は、私ども二人を、私とヒルデブラントを、国もとのあなた様のお傍に、擁していらっしゃるではありませんか」〔２４５０―２４５４〕

「それが何の役に立とうか」と王は言いました、「たとえわしがこの先千年生きたとしても、わしは喜びを得ることはできないであろうよ。だれがわしを喜びの気分にさせることができると言うのだ、あるいは、だれがわしに助言して喜びを得さすことができると言うのだ。そういうことを進んでしてくれた者たちは、残念なことに、死んで横たわってしまった。〔２４５５―２４６１〕

わしの金色の黄金が、また富などというものが、今のわしにとって、何の意味があると言うのだ。権力が、この世の名声が、そういうものは、わしにおいては、滅びてしまった。わしの家臣たちは死に絶えてしまった。その上、息子も妻も死んでしまった。わしにとって、この命が、また、この王笏《おうしゃく》が、はたまた、わしのこれまでの生涯において以前はわしにとても似つかわしかったこの王冠が、一体、何の役に立つと言うのだ。〔２４６２―２４７１〕

王冠など、わしはこの先決して戴きたくない。喜びも誉れも栄えある生活も、これらすべてを、わしは諦めたい。そして、わしがこの世で〔王として〕当然行うべきことをすべてやめてしまいたい、何となれば、そういったことはすべてわしには似つかわしくないからだ。いつ死がわしを連れ去っていくか、そんなこと、わしにはもうどうでもいいことだ」〔２４７２－２４７８〕

彼らは王の心を慰めようとしましたが、それはなんの効果もありませんでした、なぜなら王はあまりにも多くを失ってしまっていたからです。彼の一生の不運が、彼に対して、結託してしまったのです。王の不幸のすべてが王の身に余さず降りかかってしまいました。と言うのも、王がかつて得ていた最上のものが、ことごとく、王から奪い取られてしまったのですから。〔２４７９－２４８７〕

エッツェル王はどっと泣き始めました、彼が一番はじめに泣いたときと同じように。ディエトリーヒ王の堅固な心もいささかしおれてしまいました。疲労のあまりこの高貴な勇士は出窓のへりに腰をかけました。そこで、ヒルデブラントが主君ディエトリーヒに話しかけました、〔２４８８－２４９５〕

「主君よ、今あなた様は何を待っていらっしゃるのですか。私はお勧めいたしますが」とこの武者は言いました、「この国が荒廃してしまった以上、われわれはこの国に留まってこの先何をせよと言うのですか。高貴な生れのディエトリーヒ様よ、王妃のヘルヒェ様があなた様に贈られたものをもって、私たちはこの国を去るべきでございましょう。これが今は私には良策かと思われますが。〔２４９６－２５０３〕

あなた様の闘志と私のこの手が、これら二つが、わが妃ヘルラート様を支えるべきでありましょう。何となれば、私たちは二人ともそのことをお誓いしたのですから。私たちは自分の受けた苦しみにかまけて、まことの心を少しでも忘れることがあってはなりません。あなた様の喜びと私の喜びは衰え果てたとはいえ、

私たちは、常に、変わらぬまことをなすことができる者であらねばなりません」〔２５０４–２５１３〕

「喜んでそうしよう」と武人ディエトリーヒが答えました、「これほどの損失を被った以上、わしは、これらの苦しみから脱して、かつてのあの栄光に浴すには、どうしたらいいであろうか。

ああ、悲しいかな、辛い報せが、数知れず、それぞれの武者がこの度の祝宴へ駒を進めて来たまさにその道を、引き返して行かねばならぬとは！〔２５１４–２５２１〕

ああ、なんと悲しいことよ、この広間にはなんと多くの剣が、その主人を失くして、横たわっていることか！　また、無数の鎖鎧や兜が！　以前ここでこれらを身に着けていた戦士たちがもう生きていないのだから、これらをだれに返却していいものか、今となっては、わしらには分からぬ。わしはこの先いつまでも神に嘆きたい、こんなにも多くの高貴な生れの家臣たちを、わしは、死んだまま、ここに残していかねばならないことを」〔２５２２–２５３０〕

そこでヒルデブラントが言いました、「私たちは、これら勇敢な武者たちの武具を血溜りの中から取り出して洗わせ、更にこれら豪華にして立派な武器をしっかり保管させるべきでありましょう。エッツェル王が賢く立ち振る舞う気になられれば、この処置はまだまだ十分王の役に立ちましょうし、また、大いに利するところがあり得ましょう」〔２５３１–２５３８〕

エッツェル王は、これを耳にすると、この勧めを結構なことだとみなして、もはやぐずぐずはしていませんでした。彼ら二人の勧めに応じて、王は武具を保管するよう命じました。また、見出し得る中で最高の剣を運んでいって保管するように命じました。〔２５３９–２５４５〕

ディエトリーヒ王が言いました、「高貴な生れにして権勢高い王よ、あなた様に申し上げたい儀がございます。あなた様が、このような大きな苦しみのあとでもなお、賞賛すべきことをなしたいとのお気持ちならば、これは私と武の師ヒルデブラントの二人からの進言でございますが、ここで死が奪い去ってしまった戦士たちの国々から当地へ持って来られた物は、何であれ、すべて、あなた様はそれぞれの国へ、その孤児たちのもとへ、〔だれにも邪魔立てさせてはなりませぬぞ、〕送り返すべきでありましょう。〔2546-2556〕
そのことであなた様は今なお誉れを得られましょう。あれら〔孤児となった〕少年たちの方が、ここで死が〔それらを身に着けていた者から〕剝ぎ取ってしまった武具よりも、もっとあなた様のお役に立つことでございましょう」〔2557-2560〕

本編3　使者派遣とディエトリーヒらの旅立ち

（2561-4294）

そこでボテルンクの息子が言いました、「それをわしがするのは当然のことだ。その件、わしは、正当のこととして、そなたらに従おう」。真っ先にリュエデゲールの騎士見習いたちを連れてくるよう命令が下されました。彼らの目から涙がこぼれ落ちるのが見られました。〔２５６１−２５６７〕

広間の前のエッツェル王の所へやって来たのは、七名だけで、それ以上はいませんでした。そこで、高位のエッツェル王が言いました、「ディエトリーヒ殿よ、今そなたが望むままに、ベヒェラーレンへ、あの高貴な辺境伯夫人へ、ことづけされるがよかろう」〔２５６８−２５７３〕

そこに居合わせたすべての人々の心を重苦しくすることではありましたが、それでもこの高貴な勇士はことづけをしました。リュエデゲールの剣と鎧兜と、更に、探し出された彼の乗馬、それらを直ちに運んでこさせました。〔２５７４−２５７９〕

どうしたらこれ以上に耐え難い不幸が、つまり、事態がどうなったかが、辺境伯夫人に伝えられるとき、彼女の身に生じる以上の辛い不幸が、貴婦人の身に降りかかることがあり得ましょうか。〔２５８０−２５８４〕

そこで武の師ヒルデブラントが言いました、「あのブルグントの騎士たちのうち、また、彼らの騎士見習いたちのうち、だれ一人として、生き残った者がいない以上、だれをブルグントの国へのこの報せの使者としましょうか。王たる者は、当然のことながら、王自身の使者をラインの彼方へ送るべきでありましょう」〔２５８５−２５９２〕

「それはスウェメルにしよう」と王は即座に答えました、「あの者なら道もよく知っている」。彼のほか、十二名が決められました。彼らは、ヴァイオリン弾きのスウェメルとともに、あの名だたる勇士たちが戦闘で身に着けていた甲冑を運んでいくことになりました。更に、これらの使者たちに、どのようなことが起こったのか、その報せを、かのラインの地で伝えさせよう、と決められました。〔２５９２–２６０２〕

主君たちは、使者は一人としてこの地にこれ以上留まらすまい、と取り決めました。使者たちは、故国の地の戦死者の妻たちのもとへ、報せと戦死者らが以前身に着けていた武具とを持たされて、さっさと送り出されました。〔２６０３–２６０９〕

かの地でも戦死者の血縁者らは、以前この地の人々が悲嘆に暮れたのと同じように、沈痛な悲しみに沈みました。彼ら〔ブルグントの国の戦死者の〕血縁者たちは、あの祝宴があれほど多くの勇士たちから成る軍勢を死滅させたあの日を、げに永久に呪うことでありましょう。この報せを受けた人々は、彼らが享受するはずの喜びすべてを、すっかり奪われてしまったのです。〔２６１０–２６１８〕

スウェメルは、ラインへ行くことになっている者たちとともに、エッツェル王の御前に参上しました。〔２６１９–２６２１〕

王は言いました、「そなたらは、必ず、権勢高いプリュンヒルト様に、手抜かりなく、申し上げるのだ、事態が一体どうなってしまったかを、また、わしの国が深い悲痛に包まれてしまっていることを。更にまた、客人たる者たちがもてなしの主人をこんなにも苦しめたことなど一度としてなかった。けれども」、善意の王は言いました、「プリュンヒルト妃と母后《ぼこう》ウオテ様のご両人にこのことの償いをさせることはない、このことも伝えてくれ！」〔２６２２–２６３２〕

王は更に言いました、「黙っておいてはいけないぞ、わしの無実を、ラインの国の最重要の方々にお伝えするのだぞ、わしもわしの家臣たちも、これほどの苦しみを受けるに値するようなことは、決してしなかった、と。何となれば、わしは彼らに好意的に接し、また、心から喜んで丁重な接待をしたのだから。それなのに、彼らはわしに敵意を示したのだ。わしは数々の損失を被ったけれども、それが彼らにとっても損害となってしまった」〔2633–2642〕

そこで、ヴァイオリン弾きが言いました、「これほどまでに悪い報せを私はいまだかつて一度も伝えたことはありません。諸国が享受していた喜びも誉れも、今や、すっかり消え失せてしまいました。かつて喜悦に浸って幸せにまた堂々と生きることができた方々、しばしば王冠を戴いて喜んで闊歩しておられた方々、そのような方々によって、この度の報せは、激しい怒りをもって、私から受け取られることでございましょう。ですから、私は、心中、どのようにすれば、この命を失わずに、これらの報せをお伝えできるか、それをとても心配しているのでございます」〔2643–2657〕

エッツェル王が言いました、「いいか、そなたらは、ベヒェラーレンの騎士見習いたちを一緒に連れていくのだ！」。彼らはすぐに〔出立の〕準備をしました。〔2658–2660〕

そこで、ディエトリーヒ王が言いました、「わしは、残念なことに、こんなにも悪い報せを送らねばならぬ。ああ、わしが自らそれをやめさせることができればいいのだが！　わしがあの高貴な奥方に彼女の心の苦悩となることを伝えさせねばならぬとは、わしの心は、この先決して晴れることはないであろう。〔2661–2668〕

そなたらはこの悲報を」とディエトリーヒは続けました、「どこの街道上にあっても隠すのだぞ。そなたらは、その地を立ち去ろうとする際、そこの領民にこの度の損失のことを一切知らしめてはならぬぞ。もらせば、人々がそなたらに手厳しく詰め寄ることになろう。〔2669–2675〕

そなたらは、リュエデゲールに関しては、だれにも彼の死を告げてはならないぞ。なにしろ、彼の死が人々に事実通りに伝えられることにでもなれば、そうなれば、やはり、苦悩がいつまでも続くことになるのだから。そうなれば、そのあと人々は苦しみ悶えつつ幾日も泣き明かすに違いなかろう。〔2676–2681〕

かつて優しくわしの面倒を見てくださったお方に、わしの敬愛の念を伝えてほしい。また、ゴテリント様が、また、辺境伯の令嬢が、つまり、高貴な生れのわしの姪が、わしにどのようなことを命じようとも、わしは常に従う心積もりでいる、とお伝えするのだ。〔2682–2687〕

もし彼女らが、リュエデゲールのことについて、いつ彼は帰国のつもりであるか、と問われたら、そなたらは、彼について次のように聞いていると伝えてほしい！　エッツェル王が彼を帰えそうとなさらないのです、そうするのも、〔ブルグントの〕客人たちがその随行者らとともにラインの国もとへ馬で帰るまで、彼はかの地で待機せねばならないからです、彼は彼ら客人たちの護衛を勤めねばならないのです、と。〔2688–2696〕

これは、わしの心積もりだが、護衛帰国の折には、わしは、リュエデゲール殿とともに辺境伯夫人に面会したいと願っている、と。そなたらはディエトリント嬢にも伝えてほしい、たとえそのような面会が叶わなかろうとも、それでもやはり、わしは近いうちにわしの姪に会いたいと思っている、と」〔2697–2703〕

使者たちの胸のうちには数々の重荷が埋め込まれてしまいました。こうしてこのベルネ人は、数々の心の苦しみを背負わせて、使者たちを自分のもとから旅立たせたのでありました。〔2704–2708〕

使者たちの方もまた、これは信じていただきたいのですが、失われてしまった幸せを、悲嘆に暮れる一族を、更には、死神が待ち構えている知友や血縁者たちを、後に残して旅立ったのでした。〔２７０９–２７１４〕

その知友や血縁者たちのうち、まだ命があり、血のしたたる担架の上で死神と格闘していてまだ死んではいない者もありましたが、一方、今はもう埋葬された者もありました。このことで使者たちの心は苦しまざるを得ませんでした。〔２７１５–２７２０〕

彼らは、この地にあの辺境伯〔の遺骸〕も残していきましたが、辺境伯の軍馬は、節度もなく声を張り上げて泣き叫びながら、街道を引いていきました。〔２７２１–２７２４〕

彼らは方々の地を通って駒を進めていきましたが、彼らの身に何があったのかを、彼らに問いかけて正しく聞き知ることは、だれにもできませんでした。実際は、彼らは情報を話したいと思ったことはしばしあったのですが、けれども、ベルネの王が彼らに、つまり、騎士見習いたちの一人ひとりに、そうすること禁じていたのです。彼らがそうしなかったのは、まっとうなことでありました。リュエデゲールの家臣の騎士見習いたちがオーストリアに馬を乗り入れるまでは、だれにもまだそのことは伝えられませんでした。〔２７２５–２７３５〕

多くの母の子たちが、これは習いとなっていたことですが、ヴァイオリン弾きが馬を乗り入れたところへ、急いで駆けつけて来ました。彼らは、一行は領主の大公様か、あるいは、権勢高いリュエデゲール殿だ、と信じたのでした。人々はみな口々に楽人に尋ねました、「あなた様は、ご領主様をどこに残してこられたのですか」〔２７３６–２７４４〕

そこで楽人は答えました、大公様はまだ、多くの戦士たちとともに、エッツェルの国にいらっしゃる、と。そう信じたいと願う人々は、この言葉を信じました。当然事情を尋ねるべき人々は、その大多数がまだ〔ウィーンへの〕途上にあったので、橋も小道も人でごった返していました。〔2745–2753〕

フン族の国からの使者たちはウィーンの街へ入って来ました。ここに居を構えている一人の貴婦人が、彼らを礼儀正しく城館へ招じ入れました。それは、権勢高い大公令嬢の、極めて美しい乙女のイザルデ様でありました。令嬢に対して、事情は隠し通せるものではありませんでした。〔2754–2760〕

使者の様子を見て、彼女は事情を読み取ったのです。令嬢はたちまちに苦悩に落ち、心は悲しみに包まれたので、彼女の心臓から血が口をついてどうっとほとばしりました。〔2761–2765〕

ああ、痛ましいことよ！　令嬢は、使者たちからこのような報せを受け取るとは、つゆほども願っていなかったのです。この乙女の嘆きがもととなって、事情は、この後、遥か遠方にまで知れ渡ってしまいました。〔2766–2769〕

人々は、貧しい者も富める者も、この街の至る所で、どの街角でも、あまりにも大きい悲嘆の泣き声を上げましたので、この嘆きの声は、かの地の嘆きを目撃しそして自らも嘆きながら出立してきた使者一行が言っているように、フン族の宮廷での嘆きにまったく匹敵するものでありました。〔2770–2777〕

この嘆きは援軍を得ました。そのため嘆きは大きな軍勢を引き連れて突き進んでいきました。こうなることを使者たちは押しとどめることはできず、今はこの報せは城市《じょうし》の住民の間にも、また、商人の子供たちの間にも知れ渡ってしまいました。〔2778–2783〕

華やかな都ウィーンは、この後、憂愁にすっかり閉ざされてしまいました。使者たちは急いでウィーンの街から出て行きました。〔2784–2787〕

使者たちは、ディエトリーヒ王の命令を、次のようにして、辛うじて果たしました。と言うのは、使者たちに向かって街道を馬でやって来た男たちは数々いましたが、その者たちも、〔ウィーンの人々と〕等しく〔悲報を感じ取り〕、使者たちの苦悩を共に担う助けをせざるを得なかったからであります。このようにして一行は、あの苦しみを抱きながら、トライスマウアーまで駒を進めました。〔２７８８―２７９５〕

楽人がベヒェラーレンに馬を乗りつけるまでは、この地の騎士も農民もこの情報を知ることは決してありませんでした。あの騎士見習いたちは、自分たちの習いにも従わず、また、古くからの決まりも守らず、辺境伯領へ馬を乗り入れました。彼らは、それにしても告げ知らせたくてたまらないことを、黙していなければならない、このことが、本当に激しく、これら騎士見習いの使者たちの心を苦しめたのであります。〔２７９６―２８０６〕

ドナウ河の畔を上流へと走っている街道を通って、例の使者たちがゴテリント夫人の領国へ入って来ましたが、この街道のことを、彼女は以前からよく知っていました。夫人は、以前しばしば、そこを夫が欣然として馬に乗って立ち去っていく姿を目にしたものでありました。〔２８０７―２８１２〕

辺境伯令嬢とともに、屋上の胸壁の際《きわ》には、数多くの眉目麗しい乙女たちが立っていました。使者たちがひたすら馬を駆っている姿が、彼女らの目に入りました。一行が城へ近づいて来ると、これはリュエデゲールの国では古くからの習いでしたが、ひとむらの砂塵が舞い立つのを、彼女らは認めました。〔２８１３―２８２１〕

そこで多くの乙女たちが言いました、「神よ、主よ、本当にありがとうございます！　さあ、ご覧なさいませ、ご令嬢様、みなさま方が祝宴よりお帰りですよ、あそこを私たちのご領主様がやって来られます

よ！」〔2822―2827〕

彼女らの心の支えであり、また心からの喜悦の源である領主は、彼女らから遥か遠く離れたフン族の地に、ゲールノートの手に討たれて、死んで留まったままになっておりました。この国の住民の親戚たちのうち、辺境伯のもとから戻って来たのは、わずか七名でありました。彼らは辺境伯の武具を持ってきていました。〔2828―2835〕

今やゴテリント夫人も彼ら一行到着の報せを聞きました。夫人は娘のところへ行きました。そして二人は、以前しばしばそうであったように、翳りなき喜びを、〔使者たちの〕優しい眼差しから、受け取るものと、信じていました。ところが、彼女らの受け取ったものは、心痛といつまでも続く辛苦のみでありました。〔2836―2844〕

騎士見習いたちは、いつもは、ベヒェラーレンの地へ到着すると、みな歓声を上げつつ駒を進めることを習いとしていましたが、今は、そういう習いには似ても似つかぬ状況にありました。彼らのだれもががっくりと身を馬の上へ沈めていました。と言うのも、彼らの苦悩はあまりにも激しく、彼らは、以前幾度もそうしたように、歌声を上げることなどできませんでした。〔2845―2854〕

リュエデゲールの乗馬ボイムントが、そのときも後ろを振り返りながら、騎士見習いの手に引かれてやって来ました。この馬の癖はよく知られていました。この馬は自分の主人の姿が見えないときには、実にしばしば、手綱を引きちぎって、来た道を駆け戻ったものでありました。〔2855―2861〕

残念なことに今は、高貴な身分の武人なら当然そうするように、この馬を駆り立て、しばしばその馬上にあって戦ったあの主人は、討ち倒されてしまっていました。主人の娘は、これら騎士見習いたちの態度をま

じまじと見つめました。そして彼女は深く嘆息するのでした。〔２８６２–２８６８〕

リュエデゲールの娘が言いました、「母上、ゴテリント様、それにしてもこんなことは一度もございませんでした。お父上の使者たちが、こんなにも小勢《こぜい》で馬を駆ってくるのを見たことは、私のこれまでの生涯で、まったくございませんでした。使者たちがこちらへ乗りつけてくるときは、いつだって、私たちは、一行の意気揚々たる様子を、なんとはっきりと耳にしたことでございましょう！　ともあれ、祝宴が、王妃クリエムヒルト様にとって、こともなく終わっていればいいのですが！　そんな風には、私、とても信じられませんけれども」〔２８６９–２８８０〕

老いた辺境伯夫人は答えました、「神様がそう思し召しなら、祝宴はみなさま全員にとって恙なく終わったことでしょうが、ただ、母は夢を見て、数々の苦しみを身に受けました。私は昨夜、あなたの父上のリュエデゲール様がすっかり白髪になってしまわれている姿を、夢に見たのです。〔２８８１–２８８７〕

父上の傍らの臣下たちはすっかり雪に降り込まれていました。雨に降られて彼らは苦しんでいました。彼らはみな雨にぬれていました。娘よ、信じてほしいのだけど、私の頭は髪がすっかりなくなり、そのため、私は髪を、一本すらも、頭にいただかなくなったのです。〔２８８８–２８９５〕

父上は私に、真っ暗な一室へ入るようにと、命じられました。私はその内部に父上が立っているのを見出しました。父上はドアを閉めました。私たちは二度と外へは出て来ませんでした。私は中にいたくありませんでした」。このように辺境伯夫人は語りました。〔２８９６–２９０２〕

そこでリュエデゲールの娘が言いました、「お母さま、夢には心地よい夢もあれば、また不快な夢もあります。私は、父上の軍馬がひどく暴れて跳びはね、防御用のおおいの銀色の馬衣が父上の傍らで音高く鳴る夢を見ました。お母さま、聞いてくださいませ。その馬が水をちょっと飲むと、馬は、たちまち、その場で水に没してしまったのです」〔2903–2912〕

彼女らは、その後はもう互いに語らず、ただ重苦しい思いを抱きつつ、二人連れ立って、その場を後にしました。私がお話しいたしましたように、使者たちがだいぶ近くまでやって来たので、すべての人々が彼らの姿を見ることができるまでになりました。彼らは厩舎へ乗りつけました。〔2913–2919〕

〔使者である〕騎士見習いたちの振る舞いは、昔ながらのしきたりにまったく則っていませんでしたが、それでも、当地の騎士たちは、宮廷のしきたり通りに、使者たちを出迎え、エッツェル王の楽士に歓迎の言葉を述べました。〔2920–2925〕

この地の名のある勇士たちは、フン族の国からの使者たちに丁重に挨拶し、その後直ちに、自分たちの主君の家臣である騎士見習いたちを迎え入れました。彼らが押し殺したすげない言葉で返答をするのが、聞こえました。彼らが意気高らかに誇っていたものが、すべて、本当に、崩壊してしまったのです。〔2926–2933〕

使者の騎士見習いたちは、祝宴について何一つ良いことを伝えることはできませんでした。見れば、彼らが甲冑を馬からおろして運び去っていきます。ゴテリントは、さっと、これら騎士見習いたちの振る舞いを見て取りました。〔2934–2939〕

彼女は、長年、これほどに悲しい気持ちになったことはありませんでした。夫人は言いました、「私は、一行の身がどうなったかを知るためなら、その情報の代わりとしてどんな財宝が差し出されても、それを受け取ることはないでしょう」〔2940–2944〕

そこで、彼ら騎士見習いたちのうちで最も家柄の高い者が言いました、「高貴な生れのエッツェル王は、あなた様に、誠実な心根を、恩恵と大いなる敬意を、また常に変わらぬ優しい気持ちをお伝えせよ、とのことでございます。また、王はあなた様に、実際の行為であれ、助言であれ、いつでも進んでそれをなす気である、とことづけられました。これをまことの事としてご承知おきくださいますように。〔２９４５−２９５２〕

また、わが主君のリュエデゲール様はあなた様に、主君は、あなた様から離れてどんなに遠くへ行こうとも、それでも、まことの心を抱いてあなた様の傍近くにいるのだと、申し送られておられます。更に、主君は他のすべての女性にまさってあなた様に愛情を寄せ、最期の日に至るまでそうあり続けたい、このことをあなた様に承知していただきたいとのことでございます。〔２９５３−２９５９〕

この先しばらくすれば故国へ帰ることができるのかどうか、主君には分かりません。エッツェル王はわが主君を、主君が王のために久しい以前から指示されていた遠征をするようにと、いつも急き立てられ、そこで今はわが主君はその征戦に出ておられます」〔２９６０−２９６５〕

辺境伯夫人は言いました、「神様と天の全軍が主人をお守りくださいますように！　主人が、陸を行こうと海を行こうと、どの方向へ向かおうとも、キリスト様が、その全能の栄誉にかけて、エッツェル王の敵どもの憤怒が私から主人を奪うことがないよう、主人をお守りくださいますように！」〔２９６６−２９７３〕

そこで令嬢が尋ね始めました、「優秀な使者の方々よ、教えてください、どうして父リュエデゲールは今そのようなお気持ちになっていらっしゃるのでしょうか。そのことが私の心をひどく痛め苦しめるのです。と言うのも、父が自国へ使者を送るときはいつだって、真っ先に私に」と乙女は語りました、「報せは伝えられたのですから。〔２９７４−２９８１〕

私のもとへ父の報せが届かないということにでもなれば、そのことを父はひどく怒り、あれほどに怒る父を私は一度も見たことはありませんでした。だから私が重苦しい気持ちでいるのも当然なのです」。そうして乙女は泣き出しました。娘は母をじっと見つめました。そして二人とも涙に暮れるのでありました。私は思うに、虫が彼女ら二人に苦しみを知らせたのでございましょう。二人には大きな心痛がすぐそこまで迫っていました。〔2982–2990〕

騎士見習いのあの使者は言いました、「あなた様のそのお嘆きをおやめくださいませ。あなた様にまだ多くの報せを、つまり、ディエトリーヒ王からこの国のあなた様に好意を込めて申し送られたお報せをお伝えしなければなりません。あの勇士は、あの方の恩恵にかけて、私どもに命じられました、そうするのは当然至極のことでありますが、あの方の恭順の意をあなた様にしかとお伝えするように、と。〔2991–2999〕

高貴なお生まれの辺境伯夫人様、あの勇士はあなた様に、喜びと平安無事とまことと常なる信頼とを、申し送られておられます。また、あなた様は、あの方以上にあなた様に好意を寄せた者が、あなた様の一族の中にかつていたかどうか、などとお尋ねなさるには及びません。そして、ディエトリーヒ様は十二日以内にあなた様とここベヒェラーレンでお会いするつもりでいらっしゃることを、あなた様に伝えさせてください

——奥方様、私どもはこう述べるようにと言われております」〔3000–3009〕

「神の思し召しでそのことが起こりますように！」と辺境伯夫人は言いました、「そうなれば心から私はそのことをとても喜ぶことでしょう」。次いで高貴な生れの若き令嬢が言いました、「私たちに更に報せを聞かせてくださいませ。高貴なクリエムヒルト妃はどのように彼女の兄弟たちとその家臣らを迎えられましたか。あるいはまた、王妃がハゲネに向かって掛けられた挨拶はどのようなものでしたか。王妃はこの武人に

対して、また、グンテル様に対してどのように振る舞われましたか。王妃はあの二人に対してまだひどく怒っていらっしゃったかどうか、更にまた、この件はどのように決着したのでしょうか」〔３０１０－３０２４〕

例の騎士見習いの使者は答えました、「王妃クリエムヒルト様は、喜びながら二人の方へ歩み寄り、二人を心優しく迎えられました。王妃の振る舞いは、二人に対して好意を抱いている態度にふさわしいものでありました。名だたる王のエッツェル様は、ご主君方すべてをお迎えになり、王およびその家臣たちすべてが、一行の到着を喜んでいる様子でございました。一行に対してなんらかの敵意を抱いている者など一人として、私はかの地で見掛けませんでした」〔３０２５－３０３５〕

辺境伯令嬢は言いました、「さあ、私に教えてください、どうしてギーゼルヘル王はないがしろにされたのでしょうか、つまりその、あの高位の若き王はあなた方を通してこちらの私に何一つ申し送られなかったのでしょうか。このこと、私、どうしてもお尋ねせざるを得ないのです。あのお方が私に何もことづけなさらなかった以上、そうなる事情はどうであれ、私は、二度とあのお方にお会いすることはないのではなかろうか、と恐れています。高位のあの王は、私を妻に娶りたいと、本当に、私におっしゃってくださったのですよ」〔３０３６－３０４５〕

「ご令嬢様、そんなお話はおやめくださいませ。私どもは、とても健やかなギーゼルヘル様を残してきたのですよ。ご一同は、ラインの国もとへお帰りの際、ほどなくこちらへ、高貴なお生まれのご令嬢様、しかとご承知おき願いたいのでございますが、やって来られます。そういうわけで、あなた様は心配なさるには及びません。ギーゼルヘル王は、故国へお帰りの際はいつであれ、あなた様にとても喜んでお会いになられます。そうなれば王は、ご令嬢様、あなた様を一緒に直ちにラインの彼方へお連れになりましょう。かの地

であなた様は王妃となられましょう」〔3046–3056〕
こんなでたらめな話を苦悩しながら言い続けること、このことが、彼ら〔使者役の騎士見習いたち〕のうちの一人にとっては苦しくてならず、もはやその者は、あの損失とあの痛みを心の中で耐え忍ぶことはできなくなりました。〔3057–3062〕
彼がそれをどんなに打ち消そうとしても、その目には涙があふれていました。これに続いて、彼ら〔騎士見習いたち〕のうちのますます多くの者がどっと泣き出しました。高貴な辺境伯夫人は、彼らの涙が流れ落ちるのを目にしました。〔3063–3067〕
そこで彼女の娘が即座に言いました、「ああ、お母さま、悲しいことでございます。思うに、私たちは喜びからも幸せからもすっかり引き離されてしまいました。残念なことに、クリエムヒルト妃は、ご自分の親族を、実にひどいやり方で、お迎えなさったのです。それが私たちにとって悪い結果となってしまいました。私たちが泣くのも至極当然のことでございます。彼らブルグントの方々も父上も、きっと、お亡くなりになっておられます」〔3068–3076〕
彼女がこのように話すと、彼ら〔使者の騎士見習いたち〕の一人の喉から、口は閉じたままではあったけれども、悲嘆の声がもれました。彼は、その際、口を閉じておけば、悲嘆の声を押し隠せると思ったのです。あのことを黙し通すなんてことは、いかなる心もできなかったでありましょう。叫び声が、血とともに、彼の口からほとばしり出てしまいました。〔3077–3085〕
この善良な騎士見習いが心ならずも大きな声で叫ぶと、他の者たちもとても心苦しくなり、彼らはみな等

しくどっと泣き出しました。〔3086–3089〕

高貴な辺境伯夫人が言いました、「哀れな女の私には、私がかつて生命を授かったことこそ、ああ、痛ましい。今や、私は、私が希望をつないできた喜びを、なんと多く、失ってしまったことでしょう！　喜びは、今や、私のこの苦しみと入れ替わって、すっかり私から離れてしまうほかはないのです。〔3090–3096〕

使者の方々よ、私は、当然のことながら、なぜこうなったのか、何にも知らないのですよ、そなたたちのまことの心にかけて、私をこのような無知の苦痛の中に置き去りにするようなことはしないでおくれ！　私にはっきりと話してほしい、そなたたちは主人からどのように別れてきたの」。ここで虚言は終わりとならざるを得ませんでした。〔3097–3102〕

そこで、ヴァイオリン弾きで、その名をよく知られたスウェメルが言いました、「奥方様、私どもは黙しておくつもりでしたが、でもやはり、あなた様に申し上げざるを得ません。と言うのも、それを隠しおおせることなどだれにもできないでしょうから。この先、あなた様は、辺境伯リュエデゲール様の生きていらっしゃるお姿を目になさることは、もはや二度とありませぬ」〔3103–3110〕

そのとき夫人が声高く打ち嘆くのが聞かれました、「楽士殿よ、だれが主人を討ったのですか」。楽士は答えました、「それをなさったのは、ゲールノート王です。お二人は相討ちとなってお果てなさいました」。そこで、母と乙女は泣き叫びました。親族を悼んでかつてこれ以上の嘆きがなされたことがあったかどうか、それは私の知るところではありません。〔3111–3117〕

いかに多くの人々が彼女らの傍らに見出されたとはいえ、あるいは、後からこの愁嘆の場へ駆けつけた人々がいかに多かったとはいえ、これらすべての人々がこぞって、激しく悲嘆の声を上げましたので、あの

勇士たちの死をめぐる苦悩は、かつてフン族の国においてすら、これ以上に深くはありませんでした。〔3118–3122〕

あまりにも激しい苦痛のため、辺境伯夫人の口から、また、高貴にして上品な令嬢の口からも、どっと血がほとばしり出ました。彼女らは二人ともへなへなとくずおれてしまい、そのため、彼女らの礼儀作法を司る力は、すっかり、その制御を失ってしまいました。〔周りの〕人々も本当のことをはっきりと知ることとなりました。〔3123–3131〕

今までに実に様々な報せが彼女らに伝えられてきたとはいえ、その情報の中にあってまさにこの情報が、彼女らを喜びからすべての苦悩へと突き落としてしまいました。夫人の苦悩があまりにも深かったので、人々は彼女に清水を注ぎかけ、彼女の目の下をぬらしてやりました。かつてゴテリント夫人が正気でいたときがあったのかどうか、それすら打ち消すほどに、彼女の容体は重篤でありました。このことを、男も女も、ベヒェラーレンの町のすべての人々が泣きました。〔3132–3142〕

辺境伯夫人と令嬢は、他の人々から遠ざけられました。二人ともひどく悶え苦しんでいました。彼女らは茫然自失の状態にありました。気高いゴテリント夫人が彼女の最愛の夫を求めて常軌を逸した大声で叫んでいるのが聞かれました。〔3143–3149〕

切々と〔わが身を〕哀れみながら辺境伯夫妻の令嬢は言いました、「ああ、ああ、惨めなことよ、乙女の身をこれ以上の苦しみが襲うことなどもう二度とないでしょう。私の名誉夫人《マダム・エーレ》は、名誉を担っていらしたあの方々がかくも痛ましく死に果ててしまわれた以上、この国のどこにまだ留まるつもりでいらっしゃるのか

しら。〔３１５０‐３１５７〕

名誉夫人からその力が衰え消えてしまったら、そのときはだれが名誉夫人を支えると言うの。その点においては私の愛しい父リュエデゲール様はまさに秀でていらっしゃいました。今後、名誉夫人が、父が生きていた日々に支えたほど完璧に、支え担われることは二度とないでしょう。〔３１５８‐３１６４〕

死は、作法を知らぬ粗暴者であって、人が死から逃れたいという状況になるときは、いつだって、だれをもその味方のところへ、一切、逃れさせてはくれません。もし人が死に逆らうことができるのであれば、ベルネの王〔ディエトリーヒ様〕は、本当に、私のために父をきっと救ってくださったでしょうに」〔３１６５‐３１７２〕

そこで楽士が言いました、「あなた様は、私どもがお伝えすべきことを、何もかも、勘を働かせて、お察しなさいました。アーメルンゲンの国の人々は、枕を並べて討ち死になさいました。あなた様の伯父のディエトリーヒ王は、本当に辛うじて、生き延びられました。権勢揺るぎない王のエッツェル様が戦闘へ向かわれるのをそのまま放っていたならば、私どもは王をも失ってしまったに違いありません」〔３１７３‐３１８２〕

令嬢は言いました、「さあ、私におっしゃってください、スウェメル様。どうして私の父がゲールノート様に対してお怒りになる事態となったのでしょうか。だって私たちはこの国もとで、あのブルグントの方々に、あんなにも多くの金色の腕環をお贈りいたしましたし、また、父もあの方々がそのような友好の気持ちを抱いていると思っていましたのに。〔３１８３‐３１８８〕

〔夫への〕まことの心を保持し続けたいと望まれるあるお方が、企みをめぐらして父とゲールノート様を仲違いさせるなんて、そのようなことは、本当に、あのお二人にとっては好ましいことではありませんでし

た」〔3189-3192〕

使者のスウェメルは答えました、「高貴この上ないご令嬢様、そのようなことをなさったのは、まさしく、王妃〔のクリエムヒルト様〕その人でありました。男たちも女たちも、そのためあまりにもひどい目に遭う羽目にならざるを得ず、それでもう、あんなにも恐ろしい企みは、この世の始まりから最後の審判の日に至るまで、二度とめぐらされることはあり得ないでしょう。〔3193-3201〕

そのことは王妃様にも何の役にも立ちませんでした。と申しますのも、そのために王妃様自身も死んでしまわれましたし、妃がもととなって、フン族の国ではいつまでも続く苦難が生じてしまったのです。あの地で私たちに喜びを与えてくれるはずの人々は、みな一様に、亡くなられてしまいました。〔3202-3207〕

けれども、ご令嬢様、あなた様は幾久しく喜びの日々を過すことがおできになります。あなた様の喜びがフン族の国で討ち果たされた方々にいかに多く掛かっていたとはいえ、あなた様はあの方々すべてをお嘆きになるのをおやめにならなければなりません。と申しますのも、神は孤児たちの父であられるからです。〔3208-3213〕

ご令嬢様、私は、何の邪心もなく、また、私のまことの心にかけて、あなた様にお勧めいたしますが、あなた様はその悲しみとそのお嘆きをほどほどになさいませ。エッツェル王は言っておられます、神が王を生かしておいてくださる日々はずっと、王はあなた様をお助けするつもりでいる、と。本来なら、このような助けは、高貴にして高位のリュエデゲール様がなさるはずでございますが」〔3214-3221〕

ため息とともに彼女の嘆きがどっとほとばしりました。すべてがどのように起こったのか、という話が、このときすっかり明らかにされました。〔使者役の〕騎士見習いたちは、リュエデゲールの武具を、その武具は何であれすべて国もとへ送り返されていたのでありますが、さっさと、それが保管されるべき場所へ運んでいきました。〔３２２２―３２２９〕

それを見たいと願った者は、みな、血にまみれた鈍い輝きを目にすることになりました。この鎖鎧は以前は瑕疵《かし》ひとつなかったのに、それが今は穴が穿たれ、ずたずたに切り裂かれていました。これに身を固めたまま、妻やその他多くの人々にとっての頼りの人であったリュエデゲールは、討ち果たされてしまったのであります。〔３２３０―３２３６〕

ここに至ってついに、異例で厄介な事態が生じてしまいました。〔使者の〕客人たちに対して、だれも何一つ供しませんでした、水も葡萄酒も差し出されなかったのです。「さて、われわれは当地にどれくらい留まったものであろうか」と楽士が言いました、「高貴な生れの辺境伯夫人は、あのように深く苦しんでおられて、茫然自失の状態であり、だれをもまともにもてなすことなどおできにならない」〔３２３７―３２４５〕

その城の中では、至る所で、廷臣たちが嘆くほかは何も手につかず、城館はどこもかしこも、また、その下の礎の石垣までもが、嘆きの声に反響していました。とりわけ、ベヒェラーレンの城下では、人々が、この度のことで苦しみに強いられるままに振る舞って嘆いているさまが、聞かれるのでありました。〔３２４６―３２５３〕

辺境伯夫人は、彼女が〔辺境伯夫人として〕果たさねばならないことを、苦悩のためさっさとやめてしまいました。夫人が、そもそも、この日がすっかり終わるまで生き長らえていたこと、これ自体が奇跡でありました。夫人は自らの手で体から衣服を引き裂きはぎ取ってしまいました。〔３２５４―３２５９〕

苦悩というものが、この場で認められたほどに深かったことは、いまだ一度もありませんでした。この度

の凶報は、ほかの所でも、多くの心の泉が目から涙をほとばしらせる事態を、引き起こしました。〔3260–3264〕

辺境伯令嬢は、エッツェルの使者たちを町中に丁重に宿泊させるようにと、苦しみながらも指示しました。〔3265–3267〕

高貴な辺境伯夫人の分別はこのときはすっかりなくなっていて、彼女は身内の者も客人も、だれをも識別できませんでした。そこで、使者たちは、彼女の国を発って、ラインの畔を目指して旅立とうと思いました。一方、若き辺境伯令嬢はまだいくらか思慮分別が残っていました。令嬢は、真心のこもった挨拶を、高貴にして度量の大きい王妃プリュンヒルトへ、ことづけました。〔3268–3278〕令嬢は、母后ウオテにも勇敢なギーゼルヘルに関わる事柄を、つまり、彼女が彼と婚約を結んだ次第を、そしてそれがすべてご破算となってしまった激しい苦しみのほどを、また、婚約者の二人にとってこれ以上に悪い事態は起こり得なかったでありましょう、とことづけました。令嬢は更にウオテに、ゲールノートが彼女の父を打ち殺したことも、ことづけました。〔3279–3286〕

使者たちはいとま乞いをして別れていきました。スウェメルは、自分の進むべき道を見出し、ドナウ河を上流へ、バイエルンの国へと駒を進めていきました。と言うのも、彼の進むべき街道はそちらへ走っていたからでした。ドナウ河とイン河の間に、今日でもなお、古い城市があります。その名はパッサウと言います。〔3287–3294〕

一人の権勢揺るぎない司教がこの地を統治していました。彼の名声、彼の誉れ、彼の宮廷は、遠くまで知れ渡っていました。司教の名はピルグリームと言いました。この度の報せが司教のもとに届きました。あの誇り高いブルグント人たちは彼の妹の息子たちでありました。司教は、フン族の国であの戦士たちの身に何が起こったのかを、この後余すところなく、知ることとなりました。〔３２９５−３３０４〕

使者たちはイン河の橋を越えて駒を進めてきました。人々は、使者たちよりも先に駆けていって、敬虔な司教様はその甥御《おいご》さんたちを迎えることになりますよと、宮廷へ知らせたいと、願いました。甥たちは、司教が思っていたほど、地上近くにはいませんでした。司教が彼らにその後二度と会えなくなって以来、多くの日々が経っていました。〔３３０５−３３１３〕

司教は〔傍らの〕騎士たちに声をかけました、「さあ、そなたらはみな急いで行って、私の親族たちを歓迎するのだ。役職の各々方よ、私に良いことをしようと望む者は、私の妹の息子たちを迎えておくれ。彼らとともにやって来た人々にも何一つ不自由のないようにしてほしい」〔３３１４−３３２１〕

げに司教は自分の客人たちに容易に夜の宿りを提供することができたでありましょうが、〔しかしながら〕彼は、甥たちの命がフン族のもとで尽き果てたことを、〔まだ〕知らなかったのでした。それにしても彼らのうちの一人でも司教のもとに帰っていたならば、それだけ司教も心がやわらいだでしょうに。彼ら全員が討ち果たされた旨、直ちに司教に告げられたのでした。〔３３２２−３３２９〕

この報せはもとより彼の気に入るはずがありませんでした。それは彼にはまったく信じられないことに思われました。けれども彼はよくよく考え、それを信じねばなるまいと、心を決めました。使者たちに宿舎を用意するようにと、彼は指示しました。〔３３３０−３３３５〕

深く苦悩しつつ、司教は言いました、「今やフン族の国で、喜びが、最も血の濃い親族たちのことで私が持つだろうと当てにしていた喜びが、打ち砕かれてしまった。私はこのことを、私が生きている間ずっと、私の最期の日まで、悲しまねばならぬ。〔3336−3342〕

私は、こんなことになるのではないかと、〔親族たちがこの地を立ち去った〕あの後、思っていた。あの祝宴こそ、ああ、いまいましい！　エッツェルがそもそもあの祝宴を企画したことが、ああ、呪わしい！　そのために、かくも多くの有為の者たちが、かくも痛ましく、死んでしまったのだ」。司教は言いました、「天にまします神の勇士よ、あなたはどうして私に対してこのように振る舞われたのでしょうか」〔3343−3349〕

さて、楽人のスウェメルが司教の近くへやって来ました。挨拶の後、司教は楽人にこの度の出来事について尋ねました。楽人は司教に、彼に分かっている通りに、と言うのも彼は事態をしっかりと目撃していましたので、このような事態が一体どのようにして起こったのかを、語りました。〔3350−3356〕

すると、司教はどっと泣き出しました。司教の司教館全体を身も世もない嘆きが覆い尽くしました。聖職者たちは、嘆きのために、彼らの日々のお勤めの多くをやめてしまわざるを得ませんでした。と言うのも、そこでは世俗の人々が、聖職者たちとともに、競うように、泣いていたからです。この後、敬虔な司教のピルグリームは指示して彼ら一同の嘆きをやめさせました。〔3357−3366〕

「私にはこう考えられる、つまり、もし私が泣くことと嘆くことによって私の妹の息子たちを生きて取り戻すことができるのであれば、彼らが全員私のもとに戻って来ることになるまでは、彼らは、フン族の国で、まことに痛ましくも、多くの勇士たちとともに、まことを尽くし合っているさなかに、打ち殺されてしまったのだが、私だって決して沈黙などしないであろう。〔もとより〕私はこの先彼らのことを嘆きやめることなど決してできないけれども」〔３３６７−３３７７〕

その後、司教は四方八方へ修道僧や司祭を呼びに人を遣りました。主人の司教は、司祭たちがかの地で滅んでしまった人々のために、ミサをあげるようにと、キリスト教のきまりに則って、指示を与えました。町の至る所で、司教が命じた通りに、寺院では鐘が打ち鳴らされているのが聞こえました。〔３３７８−３３８６〕

供物を捧げる人々のため、ひどい雑踏が生じました。司教自らもミサをあげ、天なる神に畏敬の念を捧げ、キリスト教徒の幸運がいや増すよう、また、かの地で死んだ人々の魂をお救いくださいますように、と祈りを捧げました。司教は、心痛激しい苦境にじっと耐えていました。〔３３８７−３３９２〕

こうして神への奉仕がなされてしまうと、使者たちは直ちに馬に乗って旅路につこうとしました。「あなた方、なおしばらくお待ちくだされ」と、司祭の一人が彼らに話しかけました、「あなた方は、私の主人の司教様のところへ伺っていただきたい。司教様がこのことをあなた方にお伝えするよう私に指示されたのです。思うに、司教様は、あなた方を通して、ラインの国へ、妹様のウオテ妃に、彼女の大きな苦しみに関して何かことづけたい、と願っておられるようです」〔３３９３−３４０３〕

そこでヴァイオリン弾きは敬虔な司教の前へ参上しました。司教は語りました、「エッツェルの宮廷がそのような苦しみの中で滅んでいったとは、私の姪のクリエムヒルトは、なんとまずいやり方で、兄〔のグンテル〕とその武人たちを、迎えたことよ。〔３４０４−３４１０〕

彼女は、もっと賢明に立ち回って、ともかくも、ゲールノートとギーゼルヘルは生かしておけばよかったものを。彼女のジーフリトを打ち殺した者たちがその報いを受けていたならば、彼女はそのことで責めを受けることはなかったであろうに。だって、ハゲネが彼を打ち殺したのだから。この殺しがもととなって、われわれはこの先いつまでも、親族たちのことを深く嘆かねばならぬこととなった。〔3411–3419〕

かつてハゲネの母がハゲネを産んだこと、そのことこそ神に嘆き訴えられねばならぬ！　そして、かくも長く続く苦しみが、また、かくも恐ろしい出来事が、更にまた、かくも多くの苦難が、彼がもととなって、国々にかくも広く、生じてしまったことこそ、嘆かれてあれ！〔3420–3426〕

スウェメルよ、わが妹ウオテに伝えておくれ、彼女が嘆きをやめるように、と。なぜなら、彼らは故国にあっても死ぬ時は死ぬのだから、と。彼らが金色のニーベルンゲンの宝に食指を動かさなかったならば、彼らは妹クリエムヒルトのところへなんら気遣うことなく騎行でき、彼女の好意を受けることもできたであろうに。彼ら自身の咎ゆえに、また、彼らの強い高慢心ゆえに、われわれは、エッツェルの国で、あの勇敢な武士たちを、一人残らず、失ってしまった。〔3427–3438〕

王妃プリュンヒルトに伝えておくれ、私は妃の身に良いことがあるようにと願っているので、嘆きはほどほどにするように、と。私の思案するなかでは、これに勝る勧めは私にはできない、と。人は、死神が日々われわれから奪い取っていく人々を、逝かしめるほかはないのだ。と言うのも、喜びを奪って悲しみで埋め合わせる、これ以外のことは何一つとして、死神にふさわしい業はないのだから。ただただただそれだけのことなのだ。〔3439–3448〕

グンテルの家臣たちにも伝えておくれ。いかにグンテル王が、長い歳月にわたり、すべての誉れを残らず家臣たちに授けつつ、常に彼ら家臣たちの面倒を見てきたことか、このことにしかと思いを致すように、と。彼らの方も彼らなりのまことを示し、王のいまだ幼い王子を自分らの手に引き受けて、なにしろ今や世襲の領地はこの息子のものだから、彼を一人前の男子に育て上げるように、と。そうすればそのことで家臣たちは長く誉れを受けることになろう。〔3449―3458〕

スウェメルよ、そなたが諸邦を通って帰国するときには、朋友よ、こうお願いしたいのだが、その折には、こちら私のところへ立ち寄ると、私に確約しておくれ。この度のことは、このまま忘れ去られるままに放置しておいてはなるまい。私は、この度のことを書き留めさせるつもりでいる、この度の戦闘や大きな苦しみのことを、あるいは、彼らがどのようにして死んで還らぬ人となったかを、この度のことがどのようにして起こり、どのような経過をたどり、そしてどのようにして何もかも終わりとなってしまったのかを。〔3459―3468〕

そなたが目撃した事実は、何であれ、その際に私に語ってほしい。その上更に、私は、〔戦死者の〕個々の親族に、これらのことについてなんらかの情報を提供できる者であれば、男女を問わずだれにでも、質問を向けるつもりだ。そういうわけで、私は、これから直ちに私の使者たちをフン族の国へ派遣する。〔3469―3476〕

かの地で私はこの度の出来事〔の真相〕をしっかりと知ることになろう。と言うのも、あの出来事が何も記録保存されないとなれば、それは極めてまずいことであろうよ。あれはこの世でかつて起きたうちで最も重大な出来事なのだ」。スウェメルは直ちに答えた、「司教様、あなた様が私に望まれることは、何事であれすべて、あなた様は叶えられるでありましょう」〔3477―3484〕

使者たちは急いで旅立っていきました。そこで司教は、彼の配下の者たちに、彼が使者たちの食糧や道中

の安全の面倒を見ることができる範囲が尽きるところまで、彼らに同行するように、と命じました。〔3485–3489〕

使者たちは、バイエルンの国で馬に乗って彼らと行き交う者たちのだれからも、一切、危害を加えられることはありませんでした（そのようなことは彼らの主君〔エッツェル〕の威厳を恐れて控えざるを得ませんでした）。むしろ彼らは使者たちに贈物を与えたほどでありました。スウェメルとその同伴者たちは、これらの報せを携えて、シュヴァーベン地方を通過し、ライン河畔へと向かいました。〔3490–3496〕

スウェメルがバイエルンを通って〔ドナウ河の〕上流へと駒を進めていたとき、彼の口からあの情報があちらこちらの街道筋でもらされました。どうして彼はそのことをせずにおけたでありましょうか、つまり、あの悲惨な災難を、また、彼らブルグント勢が全員あの祝宴で死んでしまった次第を、彼は語らずにおけたでありましょうか。〔3497–3503〕

この後この情報は領主エルゼにも伝わりました。彼は言いました、「これは、本来なら、わしは気の毒に思うところだが、いやいや、そんなことはあり得ない。あの者たちがかつてライン河を越えてやって来たこと、そのことをこそ、わしはいつまでも神に嘆きたい。わしの兄弟はここで、彼らの宮廷への旅行のために、打ち殺されてしまったのだ。〔3504–3511〕

けれども、そういう目に遭ういわれなどわしには決してなかったのに。彼ら自身、そのことをわしに認めるに違いなかろう。今や彼らに対するわしの復讐はなされてしまったのだ。古い諺が次のように述べているように、即ち、狼が復讐する者は、更なる復讐には及ばないほどに完璧に、復讐されてしまうものだ」と権勢高い辺境伯は語りました。〔3512–3519〕

そこで次のように言う者たちもありました、「まさにあのハゲネが荒れ狂い果てて静かになったこと、このことで天なる神は賞賛されてあれ！　あの男は決して戦いに飽きることを知らなかったが、今や、ハゲネも、あの傲慢がわれわれにこれっぽっちの危害もなさないあの世へ逝ってしまった」〔３５２０–３５２６〕

今はこの話をするのはやめにしましょう。使者たちがライン河を渡ってヴォルムスに到着すると、そこで彼らは注目を浴びました。彼らは何者であるか、それが、彼らの身に着けている衣装から、少しは分かりました。その衣装は、フン族風に技を凝らした巧みな裁断がなされていました。〔３５２７–３５３４〕城下の人々は、彼らはどこから来たのであろうか、また、どこで彼らはグンテル王の駿馬を手に入れたのであろうかと、この奇妙な件を不審に思いました。人々は、心中、正式に話を聞く前から、いささか重苦しいものを感じていました。〔３５３５–３５４３〕

遠方から派遣された者たちが城庭へ入って来ました。馬も馬具も家臣たちにはよく知られたものでありました。家臣らは、もはやぐずぐずせず、王様方の武具と乗馬が到着したとの報せを、宮廷へ取り次ぎました。すると、権勢高いプリュンヒルトの御前で、とても大きな喜びが湧き起こりました。〔３５４４–３５５３〕

王妃は、好意を込めて、言いました、「私に情報を、つまり、街道のどこでその使者らがご主君たちのもとから発って来たのかを、正確に言える者には、私からの報酬がたっぷりと用意されている」〔３５５４–３５５８〕

このようなことがあったころ、使者たちが、王妃の宮殿の前へ到着し、馬から下りました。すると、家臣たちが、質問を発し、王は、権勢揺るぎないグンテル王はどこにいらっしゃるのであろうか、と急いで情報

を求めました。〔3559－3565〕

いささか戸惑いながらヴァイオリン弾きは答えました、「実際私はことづてをみなさまに、個々に、申し上げるべきではありません。私が、ことづてを申し上げるべきところ以外では、黙しているのは、当然でございましょう。みなさまはそうなさるのがよろしいかと思いますが、私が正式にことづてを申し上げるべきところへ、私を連れていってください。そこで私はことづてを包み隠さず申し上げたく存じます」〔3566－3574〕

そこで、グンテルの家臣の一人が、直ちに王妃の御前へ進み出て、そして王妃に、使者たちが妃の御前に参上することは妃にとって好ましいことかどうかと、尋ねました、「私どもがつい先ほど迎え入れた者のうち、だれ一人として、私どもが知っている者はいませんが、しかしながら、彼らはこの国へ私どものご主君方の武具を運んできております。彼らの傍らにいるのは、エッツェル王の楽人のスウェメルであります」。王妃は言いました、「さあ、彼ら一行をこちらへ参上させよ。私は、ご主君方がいつ帰還されることになっているのか、今はそれを是非聞きたいと思うぞ」〔3575－3588〕

優れた楽人のスウェメルは、とても重苦しい思いを抱きつつ、彼の旅の一行とともに、王妃の御前へ参上しました。王妃は、一行が妃の前へ進み出てくるのを目にすると、優しく声をかけました、〔3589－3594〕

「ご一同、よくぞ参られた！　私はそなた方から是非お聞きしたいのだが、そなた方は私の主人をどこに残してきたのであろうか。どんなにか喜んで私は、私がそのことで当然与えるべき報酬を、そなた方に恵んでやりたいことか！　私の心は気懸かりでいっぱいなのです。そなた方が私から不安を少しでも取り除いてくれるなら、それは、そなた方にとっては利益であり、私にとっては幸運というものです。そなた方がすぐにそうしてくれるなら、私は喜んでそなた方に私の財を与えよう。〔３５９５―３６０４〕

主人は私に私が知っている家臣の一人すら派遣してくれませんが、その間ずっと、どうしてこういうことになっているのかと、不審な思いから私はいっときも逃れ得ないのです。主人が私に対してこんな行動をとるなんて、またとなかったことです。このことが私をひどく苦しめているのです」〔３６０５―３６１０〕

そこでヴァイオリン弾きが言いました、「権勢高い王妃様、ことづてを申し上げることをお許しくださいませ。そうしていただければ、私の知っております情報は、何であれ、はっきりとお話し申し上げます。〔ただ、〕ここで直ちに王妃様に要望申し上げますが、このことが私にとって不利益とならないよう、お取り計らいいただきますように」〔３６１１―３６１７〕

妃は答えました、「ここでだれかがそなたに何か危害を加える、そのようなことは一切心配いりません。使者たちに苦しみを与える権利など、実際、だれにもありません」。妃は言いました、「私の目の楽しみの愛しい夫は、思うに、私からあまりにも遠く離れたところへ行ってしまわれたのだ」。妃は、報せを聞くより前に泣くことを抑えることができませんでした。〔３６１８―３６２６〕

そこでヴァイオリン弾きが言いました、「フン族の国の意気軒昂たるエッツェル王が、あなた様に、喜びと平安無事を願っている旨、お伝えするようにとのことでございます。ディエトリーヒ王からも、あなた様に、敬愛の念が申し送られております。あなた様のすべての苦しみがお二方にとって気懸かりであり苦痛の種であることを、私どもは十分に承《うけたまわ》っております。〔３６２７―３６３４〕

敬虔な司教のピルグリーム様も、あなた様に敬愛の念を申し送られ、また、人はどんな苦しみでも嘆くのはほどほどにすべきであると、王妃様、あなた様にお伝えするよう、命じられました。司教様は、行動によってであれ、忠告によってであれ、この世であなた様に利益と名声がもたらされることは、すべて、あなた様にして差し上げる用意がある、とことづけられました。〔3635–3643〕

また、私は司教様より次のようにお聞きして参りました、つまり、司教様は、およそまことの心を保持したいと願うすべての王の家臣たちに、彼らがあなた様とあなた様の幼いご子息を彼らの庇護の下に引き取るように、と要請しておられます。〔3644–3648〕

と申しますのも、あなた様のご主人が亡くなられたからです。ギーゼルヘル様もゲールノート様も当地で王冠を戴くことはできませぬ。王様方は三人ともすべて討ち果たされました。ハゲネ様もフォルケール様も、また優れた武人のダンクワルト様も、みな、王様方とともに、一同が喜びに浴するであろうと信じていたあのフン族の国で、死に果て、還らぬ人となってしまわれました。彼らのうちの一人として、また、彼らの全家臣団のうちのただの一人として、生き延びた者はありません」〔3649–3659〕

かつてフン族の国で生じた、あの最大級の絶叫が、ここでも起こりました。ひどい苦しみのためこのとき王妃の口からどっと流れ出たほどに、それほど急激に、血が心臓から口の外へほとばしり出たことはありませんでした。ベヒェラーレンで嘆きにかきくれた辺境伯夫人と令嬢の二人も、これほどまでに痛々しく嘆きはしませんでした。高貴な生れのプリュンヒルトは、まさに王妃の身分にふさわしく〔だれよりも激しく〕嘆きました。〔3660–3671〕

問いかけは今はなされず、そのため使者たちに話しかける者は一人としていませんでした。スウェメルの目に入るものは、ただただ、彼らがこぞって手をよじり、身の苦悩と傷心を打ち嘆く姿だけでありました。げに、わが身を痛めつけているのは、ひとりグンテル王の妻だけではなかったのです。打ち嘆く者たちは、ほかにも、まだまだありました。〔３６７２−３６８１〕

俗世の栄光を打ち捨てた母后ウオテは、ロルシュにある自分の館に住い、彼女がその地に創設した広大な修道院付属の教会の中で、お勤めの時間にはいつでもひざまずいて祈り、旧約聖書の詩篇を読んでいました。ウオテ妃は、ヴォルムスで報告された事柄について知らされると、あれこれと心配になり、彼女の胸には実にさまざまな不安の思いが満ちてくるのでありました。〔３６８２−３６９１〕

彼女の愛しい息子たちに関する報せは、恐ろしいものでありました。人々は、貴婦人がこんなにも激しく悲嘆の声を上げるのを、ついぞ、耳にしたことはありませんでした。それがどのような方法であれ、ともかく急いで、彼女は、プリュンヒルトに会いに行こうと思いました。直ちに人々はウオテをあちら〔ヴォルムスの宮廷〕へ連れて行きました。〔３６９２−３６９９〕

そこでは、廷臣たちが大きな叫び声を上げ、ごった返していました。プリュンヒルトとウオテの悲嘆の声とその他の廷臣たちの悲嘆の声に匹敵できるものは、何一つとしてありませんでした。貧しい人たちも富める者たちも、この嘆きが何に関係しているのか、その辺の事情を聞き知ることとなりました。

〔３７００−３７０６〕

時をおかず、広大なヴォルムスの街では、女も子供も、嘆きました。彼らは後にプリュンヒルトが彼女の苦しみを衷心から嘆く支えとなりました。実に多くの立派な貴婦人たちが、また、市井の女たちが、激しく身をよじって苦しみ、顔に笑みを浮かべている者など一人として見られませんでした。〔３７０７−３７１５〕

多くの手が、美しい髪の毛を、指も折れよと、幾度も激しく掻きむしるのでありました。私はこれ以上何をお伝えできましょう、ただ、人々の嘆きはおさまらず、三日目の日まで続いたのであります。最も高位の者であれ、また、最も身分の卑しい者であれ、これらの人々を、だれも慰めることはできませんでした。〔3716-3722〕

そういうときに、この国の地方の首長たちが、つまり、高貴な生まれの三人の王の家臣である勇敢な勇士たちが、大挙して、やって来ました。〔彼らのうちには〕この嘆きの事態を鎮める賢い者もいれば、嘆きをますます大きくしてしまった愚か者もいました。〔3723-3727〕

この国の誉れを担う重臣たちが、実際に、王座の近くに着席しました。〔空の王座の前に〕着席してみて、嘆くことこそ彼ら一同の身にふさわしい、そのことが思い出されるのでありました。最高位の重臣たちには、自分らのまことの心の一片をも、忘れる気などありませんでした。〔3728-3733〕

彼らは、権勢あるプリュンヒルトの悲しみの多くを鎮め、多くの女性たちを、賢明に、その苦しみから解いてやりました。しかしながら、プリュンヒルト妃の軒昂たる意気は、すっかり消え失せてしまっていました。と言うのも、彼女に勧められることは、何一つとして、彼女には有益とは思われなかったのです。〔3734-3741〕

そのとき、王の献酌侍臣のジンドルトも直ちに参上しました。彼は、しばしば、まことを尽くして恩賞をいただいていましたが、この度も彼によってそういうことに〔つまり、まことが尽くされることに〕なりました。彼は王妃に進言しました、〔3742-3746〕

「妃よ、今はその嘆きをほどほどになさりませ。人はだれも、実際、他人の死をなかったことにはできませぬ。この苦悩が今いつまで続こうとも、あの人たちは、それでも、生き返っては来ません。嘆きの激しい力も、結局は、終わるほかはないでありましょう。〔３７４７―３７５３〕

あなた様はまったく一人で置き去りにされているわけではありません。あなた様はまだまだ立派に王冠を戴いたままでいられます。妃よ、近いうちに、ご子息様が、あなた様と並んで、冠を戴かれることとなりましょう。そうなれば、ご子息様が、あなた様と私どもに、この大きな苦しみの埋め合わせをしてくださることでしょう。〔３７５４―３７５９〕

あなた様は、なおこの先ここで、なんとも喜ばしい光景を見出されることでありましょう。私どもは、あなた様とご子息様に、権勢高いグンテル様のときと同じように、畏怖の念を抱きつつご奉仕申し上げます」〔３７６０―３７６４〕

妃は答えました、「万物を統べていらっしゃるイエス・キリスト様が、そなたの分別と勧めが私の心をこんなにも楽にしてくれたことに対して、さあ、そなたにお報いくださいますように！　と言うのも、私がこの先ずっと生き延びることになれば、それは間違いなくこの勧めがあったればこそ、なのだから」〔３７６５―３７７０〕

そこで、何はさておき先ずは、使者たちは妃の御前へ出て事情を釈明するようにとの、指示が下されました。こうして、使者たちは、事はどうして起こったのか、その次第を報告することとなりました。幼い王が連れて来られました。スウェメルは、大勢を前にして立ち、一同に事の経過を語り始めました。〔３７７１―３７７７〕

「かつてジーフリト様が打ち殺されましたが、そのことがもととなって、あの方々は、全員、今や死んでしまわれました」。〔すると〕多くの者が、「理由もなくわが父上はかの地で死んでしまわれたのだ」と口走りました。「武者のハゲネがジーフリトを、彼の妻を苦しめるために、殺《あや》めました。それゆえ、クリエムヒルト妃の復讐によって、あの方々一同は、かの地で命を奪われてしまったのです。〔3778−3785〕

クリエムヒルト妃があの方々に対してむき出しにしたほどの冷酷無情な敵意は、私がついぞ耳にしたことのないものでありました。私の才覚では、事の次第をみなさま方に正確にお伝えできるかどうか、覚束ないものがあります。〔3786−3789〕

エッツェル王の弟様が討たれました。それは私の主君のブレーデル様でございました。ブレーデル様が彼ら〔フン族とブルグント勢〕のうちで殺された最初の人となりました。勇士のダンクワルト様が、攻撃を受けたその場所で、つまり、宿舎の中の騎士見習いの従者たちの傍らで、ブレーデル様を打ち殺したのです。〔3790−3795〕

従者たちはみな、老いも若きも、戦わざるを得ませんでした。と言うのも、フン族たちが無理やりに館へ押し入って来たからです。なにしろ、従者たちの宿舎のあった場所は、ずっと離れた遠くにあったのです。従者たちのうち生き延びた者は一人としていませんでした、長身の者も背の低い者も、みな、唯一人ダンクワルト様以外は、死んでしまいました。〔3796−3804〕

たちまち彼はこの館から飛び出し、まったく敵方の意に反して、この名だたる勇士は、宮廷へ駆けつけ、彼がいかなる状態に陥ったかを彼の主君たちに伝えたのであります。主君たちは宮廷の祝宴の席に着いて、食事をとっていました。そこでその直後、ハゲネが、宴の主催者エッツェル王のご子息を、王の眼前で、打ち殺したのです。そのため、王子は宴卓の前にどっとくずおれ、その血がハゲネの手にほとばしりました。〔3805−3814〕

これをきっかけに、続いて、あなた様方の三人の王が戦闘へとび込んでいかれました。そのため、至る所、一気に戦いとならざるを得ませんでした。そこでは剣の刃の切り結ぶ音が高く鋭く響き、戦士たちが猛烈な勢いで戦闘へ突き進んでいく姿が見られました。〔３８１５–３８２１〕

そのため彼ら〔フン族の勇士たち〕は、全員、枕を並べて討ち死にしてしまいました。あちらで死んでいる者もあれば、こちらで死んでいる者もありました。この世でこれほどまでに激しい戦闘が戦われたことはいまだ一度もありませんでした。彼らが生き残っているかぎり、アルツァイエのフォルケールは、戦意に燃える腕を振るって、おびただしい痛手を与えました。〔３８２２–３８２９〕

この勇士は、あなた様一族の受けた侮辱に対して、恐ろしいほど猛烈に、復讐しました。そこでは実にこの世ならぬ事態が出現しました。そこ〔大殺戮の祝宴会場〕では、いささかでも〔戦士としての〕誉れを得ようと欲する者は、その者が戦闘から遠ざけられてでもいないかぎり、だれ一人として傍観して済ますわけにはいきませんでした。〔３８３０–３８３５〕

エッツェル王とクリエムヒルト妃のために、彼らは、全員、このように戦わねばならなかったのです。けれども、この危急この上ないときに、ベルネの王のディエトリーヒとその家臣たちは、戦いから距離を取りました。と言うのも、ディエトリーヒは、双方の苦しみを見るに堪えなかったからです。〔３８３６–３８４３〕

名だたる勇士のリュエデゲールも〔ブルグント勢に対して〕敵意を燃え立たせるようなことはなさいませんでした。ギーゼルヘル様のためを思って彼はそうしたのです。リュエデゲールは彼の娘をギーゼルヘル様と婚約させていましたが、けれどもそのことが後に彼ら二人の役に立つことはまったくありませんでした。

に取りかかりました。人々は、このような苦境に追い込まれたため、全面的に戦わざるを得なくなったのです。〔3849-3853〕

〔フン族の〕人々は実に多くの親族・友人を失い、また大きな損失を被りましたので、一丸となって戦い〔3844-3848〕

エッツェル王は、彼の息子の復讐をなしてくれるようにと、頼み、また命じもしました。その後、王妃クリエムヒルト様もリュエデゲールに切願してやまなかったので、遂に彼も生まれ高貴な〔ブルグントの〕戦士たちとの戦闘に突入せざるを得ませんでした。このため、彼はその家臣たちとともにこの突撃で死ぬほかはなかったのです。彼とゲールノート殿はともに相手を討ってお果てになりました。〔3854-3863〕

これがもととなって、勇敢なベルネ人たちは彼ら〔ブルグント勢〕に対して敵意を抱くこととなりました。そこで名だたる勇士たちは、自分たちはリュエデゲールの仇を討ちたいものだ、と口にするのでした。けれどもディエトリーヒ王は彼の家臣たちにそれを厳しく禁じていました。ところが、ウォルフハルトが、猛烈に怒って、ベルネ人たちがあなた様方の親類縁者に立ち向かわざるを得ないようにしてしまいました。〔3864-3872〕

ディエトリーヒ王がそれと気づく前に、アーメルンゲンの戦士たちは、老将ヒルデブラント以外は、だれ一人として生き残らない事態となってしまいました。生きていれば彼らは〔ブルグント勢〕に危害を加え得たでありましょう。〔一方、〕あなた様方の親類縁者のうちでも、グンテル王とトロネゲ人のハゲネのほかは、もはやだれ一人として生きている者は見出されませんでした。〔3873-3881〕

ヒルデブラントはこの一件を、傷を負いながらも、〔主君ディエトリーヒ様に〕報告するほかはありませんでした。その傷はハゲネが彼に切りつけて負わせたものでありましたが、彼は負傷のあと攻撃から辛うじて生き延びたのでした。事態がこのようなことになってしまったとき、そのことにディエトリーヒ王はいたく驚きました。と言うのも、彼の損失は、その親族の者においても、またその家臣たちにおいても、甚大なものがあったからです。〔3882-3889〕

即刻、勇士〔ディエトリーヒ〕は、武の師ヒルデブラントを引き連れ、苦悩と心痛を胸に、武人二人のいるところへ向かいました。実際、この高潔な武者〔ディエトリーヒ〕は、彼ら二人の命をそれでもなお救ってやったでありましょうが、彼ら二人には、〔死んだ〕他の者たちに対する心痛のあまり、生き長らえるつもりはありませんでした。〔3890-3897〕

〔生かすつもりでいましたが、〕ディエトリーヒ王には、やはり、〔殺された部下たちの〕復讐をなすよりほかに手はありませんでした。権勢高い王のグンテル様は、疲れてはいましたが、武人らしく彼に立ち向かっていきました。この後、このベルネ人は太刀打ちを存分に浴びせてグンテル様を取りひしぎ、名だたるこの勇士を人質として手に入れたのでありました。〔3898-3905〕

その直後、時を移さず、彼の家臣のハゲネが彼ディエトリーヒに襲いかかってきました。万一彼らが十分に休息を取っていたならば、彼らは決して彼を生かしてはおかなかったでありましょう、このことは人々には明々白々でありました。と言うのも、彼らはその前に長い夏の日の二日間を戦い抜いていたのです、そのため、彼らにはもはや戦う力は残っていませんでした。〔3906-3913〕

私があなた様方にお話していることは真実であります。〔フン族側の〕王侯たちとその高貴な武人たちを、その四万以上を、彼ら〔ブルグント勢〕が勇猛心を振るってそこで全滅させました。エッツェル王のために諸邦からやって来ていた、かつて兜をきりりと結んだ最優秀の戦士たち、その数がいかに多かろうとも、彼

らは、全員、ブルグント勢の手にかかって、最期を遂げたのでした。〔3914-3922〕

もしあのキリスト教徒たち〔ディエトリーヒ王のアーメルンゲン勢〕がいなかったら、彼らブルグント勢はフン族からしかと生き延びたでありましょう。これらのキリスト教徒たちがブルグント勢を窮地に追い込んだのです、私が先にあなた様方に申し上げました通り、彼らはお互いに太刀を交わしたのです。と言うのも、彼らは、双方とも、相手の態度を容赦できなかったのですから。そのために彼らブルグント勢は、全員、死んでこの戦場に留まらざるを得ませんでした、この二人の武人のほかは。〔3923-3930〕

ハゲネも、グンテル様も、このときはもう戦う力は残っていませんでした。そこでディエトリーヒは彼ら二人を取り押さえました。深く苦しみつつも、ディエトリーヒは彼ら二人を王妃クリエムヒルト様に引き渡しました。妃は彼ら二人を引き立てていくように命じ、そして恐ろしいまでの復讐をなしました。妃は、これら賞賛すべき二人の武者の命を取らせたのです。〔3931-3939〕

このため、武の師ヒルデブラントがこの高貴な女性を打ち殺しました。死すべき運命の者は、もはやもう一人として残っていませんでした。〔死んだ〕他の者たちと一緒に死にたいと願う人々も〔幾人か〕ありました。こういう次第で、私は、私をこちらへ派遣した人々を苦境の中に残してきたのです」〔3940-3947〕

彼女〔プリュンヒルト妃〕の家臣たちが、たちまち、打ち嘆き、激しい悲嘆の叫び声を上げました。彼らの胸にこれほどまでにひどい悲痛を引き起こしたのは、彼らが〔自分たちに身に起こった〕損失や苦境に思いを巡らしたからでありました。その後、高貴この上ない身分の母后のウオテは、死に至るまで、あの勇士たち、つまり、彼女の愛しい息子たちのことを慕って嘆き続けました。どうすれば母后を慰めて嘆きから救うことができるか、打つ手はだれにも分かりませんでした。この後七日経たとき、母后は苦しみのあまり亡くなってしまいました。〔３９４８―３９５９〕

王妃〔プリュンヒルト〕の方は、その後、この同じ苦境から辛うじて生き延びることができました。と言うのも、王妃は意識を失ってしまい、遂には妃に水が注がれる有様であったのです。民衆の嘆きは、国中至る所で、高まっていくのでした。〔３９６０―３９６５〕

クリエムヒルトが受けた侮辱は、手ひどく、その報復がなされました。高貴な生れのプリュンヒルトは、妃が〔再び〕口がきけるようになったとき、自分が今こうして耐え忍んでいる苦しみは、自分が自ら招いたものである、と思い当たりました。かつてはクリエムヒルトの身に苦しみが起こりましたが、まさにその苦しみが、今、同じようにプリュンヒルトに痛みを与えていたのです。〔３９６６―３９７４〕

プリュンヒルト妃は悲痛な思いで語りました、「ああ、悲しいことよ、私がかつてあの高貴な生れのクリエムヒルトと出会ったことこそ！　あの誉れを求める女性は、言葉でもって、私の心を怒らせたが、そのために、あの勇敢な勇士、彼女の夫のジーフリトは命を失ったのだ。今、私はそのことがもととなってこのような損失を被っている。彼女の喜びが彼女から奪い取られたことが、今この私の身に立ち戻って来てしまった」〔３９７５―３９８４〕

そこではだれが喜んでいられたでしょうか。高貴なウオテ妃はロルシュの僧院の傍らに埋葬されました。心痛が、かつて勇士たちの前で冠を戴いていた彼女の心を、二つに砕いてしまったのです。これは、乙女たちにとっても婦人たちにとっても、この上ない心痛事でありました。そこでは美しい女性たちの衣装は涙でぬれていました。グンテルの国の全土が悲嘆に包み込まれてしまいました。〔３９８５―３９９５〕

最高の高位高官たちが宮廷へ参上しました。これらの廷臣たちは、王妃とその子息にとって最善だと彼らが心得ることを、すべて、二人に勧めました。加えて、何がこの国の誉れになるかに関しても進言しました。〔3996–4001〕

彼らは、王妃がもうそのようにひどく嘆かないよう、望みました。更に、彼らは、これ以上自分たちのうちに主君のいない状態を、望みませんでした。廷臣たちは、ご子息を騎士に叙するべきでありましょう、と勧めました。これがきっかけとなって、この後、王妃の途方もなく激しい嘆きも、少しは鎮まっていくこととなりました。〔4002–4009〕

「私どもは、私どもが王を戴かない事態にならないように、ご子息に王冠を戴いてもらいたく望んでおります」。そこで、彼らは、年少の王子にきちんと戴冠の準備を整えてやりました。王家に仕える家臣団の中から戴冠式のために優に百名の若者が選び出され、当日、これら若者たちは腰に剣を帯びさせてもらいました。〔4010–4016〕

さて、今やルーモルトも到着しました。彼もまたこの度の報せを、彼の所領の家郷で、すでに耳にしていました。彼の敬愛する主君が、彼の勧めをむげに聞き捨てにした末に、災いに遭われたことが、彼のまことの心を苦しめるのでした。ルーモルトは彼ら主君たちに対して恭順であった、と私たちはしばしばしかと聞いております。彼は、あの名だたる誇り高い勇士たちのことを悲痛な思いで嘆きました。〔4017–4027〕

彼は語りました、「万能の神よ、私がかつて生を受けたことこそ嘆かわしゅうございます！　私は私のご主君方を、ただただハゲネの傲慢のために、失ってしまいました。傲慢というものは、しばしば、大きな損失を引き起こします。ひどい不実の心からハゲネがクリエムヒルト様からその夫を奪い、また彼女の財宝を強奪したとき、私は、クリエムヒルト様の傷心を目にして、〔次のようになると〕見て取っていました、たとえどのようなやり方でクリエムヒルト様が事を企てるのであれ、また、それがいつ起こるのであれ、〔いずれいつかは〕、彼ら〔ご主君方〕はそのために殺されることになろう、と。〔4028–4039〕

ハゲネは、常々いわれもなく、彼女にその咎はないのに、彼女の受けた損失に加えて更に、様々な侮辱を加えました。まっとうに考えれば、ハゲネはあのようなことは一切すべきではなかったのです。と言うのも、ハゲネはあまりにもずうずうしくあのような振る舞いをしたからです。だから、私はそのことで彼女を非難するつもりはありません。彼女の夫のジーフリトが、ハゲネを苦しめるために、何をしたと言うのでありましょうか。あの武人は罪もなく殺されたのです。そのことを私は後でしっかりと聞きました。〔4040–4050〕

高貴な生れの女性が二人、その怒りに任せて愚かにもいがみ合ったとて、それが一体どうしたと言うのでありましょうか。そんなものは放っておいて、ジーフリトを生かしておくべきだったのです。しかし、そのようなことは起こり得るわけもなく、そして彼女はフン族の国で王妃となりましたが、こうなったら、当然、彼らは〔フン族の〕宮廷への旅をやめるべきであったでしょう。わが主君がこの国を発たれる際、この私がまことを尽くしてお勧めしたように、主君が行動なさっていたならば、主君はお亡くなりになることもなかったでしょうに。〔4051–4063〕

いかなる国においてであれ、王たる者がかつて獲得した、あるいは獲得し得たうちで最も優秀な戦士たちが、主君〔グンテル〕とともに滅んでしまいました。彼らは、かの地で主君たちとともに討ち果たされてしまいました。この国に住む者は、男であれ、女であれ、子供であれ、富める者であれ、貧しき者であれ、彼らのことを嘆きやめることはできないでありましょう。私の勧告が何の役にも立たなかったことを、神が哀

れと思し召されますように。〔4064―4075〕
そのためこの国は、今や、喜びも数々の誉れも失くしてしまっています。しかしながら、われわれが嘆いたとて、残念ながら、そんなものは、もはやわれわれの助けとはなり得ません。今は、さあ、われわれの年若い王が冠を戴けるように、事を進めようではないか！」。一同はみな、声をそろえて、これを勧めました。〔4076―4083〕
だれも私たちに語り伝えてはくれませんでしたが、それでも私たちは、人々のうわさによると、とても短期日のうちに、とても豪華に、とても盛大な祝宴が執り行われたことを、聞き知りました。〔4084―4089〕
広大なヴォルムスの町は客人たちで満ちあふれました。実際、彼らは、大きなまことを尽くして最善をなしたのでした。権勢高い若き王が冠を戴いて立っている姿が見られました。彼らは、みな一緒に、年若い王から自分らの封土をいただきました。宮廷にも家臣たちにも、少しではありましたが、喜びが戻って来ました。〔4090―4099〕

今やスウェメルも故国へ帰るためいとま乞いをしました。スウェメルを自分のもとからブルグントの人々のところへ派遣したその方〔エッツェル〕に、彼は、この度の件を報告しました。こうして彼は、フン族の国へ戻って来ましたが、そこにはまだエッツェルとディエトリーヒ王の姿があり、二人に会いました。二人は異口同音に、帰りの旅路はいかがであったか、と尋ねました。彼は、自分が見聞してきたことを、すべて、言葉を尽くして、報告しました。このとき以来、エッツェル王が喜んでいるのを見掛けた者は、一人として、いませんでした。〔4100―4113〕
さて、ベルネのディエトリーヒ王も彼の故国へ帰る心積もりでありました。ヘルラート妃とヒルデブラン

トは、そのことを見て取って、とても喜びました。〔４１１４−４１１７〕

エッツェル王が、ディエトリーヒらがこの地に留まるつもりがないことを、知ったとき、これまでに王の身にどのような苦しみが加えられたとはいえ、これほどまでの苦しみが王の身に起こったことはありませんでした。王は、ヒルデブラントとディエトリーヒの両人に、まことの心を思い起こしてくれ、と求めました。「そなた方は、わしがわしの戦士たちをすべて失ってしまった今、わしから去って行くつもりか。よもや、今、わしに一人で留まれと言うのではなかろうな」〔４１１８−４１２６〕

そこでベルネ人のディエトリーヒは応じました、「私には何の助けもなく一人の家臣もいない、このような状態を、よもやあなた様がお望みになることはありますまい。男子ならだれでも自分の傍らに自分の部下たちを擁している、これこそが当然至極のことでありましょう。あなた様は、私がどのような状況にあるのか、しかと分かっていらっしゃいます。私と私の婚約者はもうこれ以上異国に留まっているべきではありません」〔４１２７−４１３４〕

エッツェルは、この際、どんなことでも、能うかぎり、嘆願し、また懇願したけれども、それによって、ディエトリーヒらは事をやめるつもりはありませんでした。エッツェルは彼らに取り残されるほかはありませんでした。彼らは旅支度を急ぎました。彼らの背後には、多くの寡婦と孤児が残らざるを得ませんでした。彼らが彼からいよいよ別れていくこととなったとき、エッツェルは、この激しい苦しみのために、正気を失ってしまいました。〔４１３５−４１４４〕

人々が私たちに語るところでは、そのとき、ヘルラート妃は、王妃ヘルヒェが彼女に遺したものを受け取りました。けれどもそのうちの多くはこの地に残さざるを得ませんでした。なにしろ、彼らにはそれを運んでいく手立てがなかったのです。それでも、彼らはこのとき自分らと一緒に、そのことを彼女は望んだのですが、そのうちの優に八万マルクの価値のある財を運んでいきました。こうしてヘルラートは別れを告げました。貴婦人たちにとってふさわしいことと言えば、ただただ泣き嘆くことだけでありました。〔4145–4155〕

宝物庫から一具の鞍が取り出されました。それは豪華なもので、この鞍に王妃ヘルヒェ様がしばしば威風堂々と乗られたものでした。その鞍には、およそ人がこの世で有する極上の、金糸の織り込まれた絹布が、裁断されて懸けてありました。〔4156–4162〕げに私はみなさまに、その名品がどのような造りであったか、その素晴らしさを、こまやかには、お伝えできません。その鞍は、金と宝石がちりばめられて重々しく、いかなる王妃も、だれ一人として、これ以上に立派な鞍に乗って騎行したことはありません。豪華絢爛な馬衣が垂れ下がって草地に達していました。〔4163–4171〕

彼女ヘルラートは、今や彼女が望んだ通りに旅立ちの準備をすっかり済ますと、貴婦人たちの一人ひとりに接吻しました。そのとき、彼女らのうちだれ一人として、激しく泣いていない者はなく、その痛々しさは、高貴な生れのヘルヒェ様が死んで彼女らのもとから立ち去って行かれたときと同様でありました。貴婦人たちによって宮廷でこれほどまでに痛ましい別れがなされたことは、いまだ一度もありませんでした。このことがはっきりと見て取れました。〔4172–4182〕

彼らディエトリーヒ一行が主人エッツェルに対していとま乞いを告げたとき、一行がまだ宮廷の外へ出ないうちに、エッツェル王は死んだかのようにくずおれてしまいました。この別れの惨めさが彼に大変な苦し

みを与えたため、彼は正気を保てず、意識は朦朧となり、気絶して横たわってしまいました。〔４１８３‐４１８９〕

彼がこの後生きる日があったとしても、けれどもそのことで彼が利益を得ることはまったくなかったでありましょう。なぜなら、彼の心に実にさまざまな苦痛が押し寄せてきて、その苦しみが強引に、この後、彼に一言も言葉を発せさせなかったからです。彼は、ここにもおらず、あちらにもおらず、彼は死んでもいなければ、生きてもいませんでした。〔４１９０‐４１９７〕

彼は、その後、どれほどの日数だったか、私には分かりませんが、意識の朦朧とした中を漂っていました。彼がかつていかに強大な権力を振るったとはいえ、今や彼は、ただ一人横たわるままに放っておかれ、だれ一人として彼のことを気に留めない、そのような状態となってしまいました。ディエトリーヒ王が馬に乗って立ち去って行ったとき、その後で彼が、それについて、どのようなことを思ったのか、それをわれわれに伝えてくれる者は、今なお、一人としておりません。〔４１９８‐４２０６〕

彼ら一行がいよいよ旅路につくと、優れた武人のディエトリーヒは、彼の妃を彼の血縁者たちのいるベヒェラーレンへ道案内するよう、白髪のヒルデブラントに命じました。彼らの一隊は、わずかに、高貴な乙女のヘルラート妃と、たった二人の男性と、一行と一緒して妃の衣装を運ぶ荷馬一頭から、成り立っているだけでした。大きな苦悩を抱きながら、ディエトリーヒ王は、いくつもの地方を通って駒を進めていきました。〔４２０７‐４２１９〕

一行は、苦悩と心配事を胸に、ただただ先へ先へと急ぎました。七日目の朝、これらの外来者たちはベヒェラーレンの城に到着しました。人々は、ベルネの王がやって来たとの報せを聞き知りました。それを耳

にして廷臣たちは喜び、リュエデゲールの娘のディエトリントにその旨報告しました。〔4220–4230〕
ディエトリントは、今なお、深い苦しみの中にありました。と言うのも、彼女の母がこの三日前に亡くなったからです。母は、最愛の夫をめぐる胸中に秘めた痛手から立ち直ることはできませんでした。そのため、この気高い女性はこのあまりに激しい苦痛に耐えかねて死んでしまったのでした。〔4231–4237〕
これら二人の乙女〔ヘルラートとディエトリント〕は引き合わされました。その際、いずれの胸にも、喜びと深い痛みが交錯しました。礼法正しく二人は接吻を交わしました。ヘルラート妃はディエトリントを胸にぐっと引き寄せました。ヘルラートは言いました、「私の愛しい方のディエトリーヒ様が生きていらっしゃるかぎり、あなたにはまだ助けの手が差し延べられますよ。元気をお出しなさいよ」〔4238–4248〕
そこで彼女は答えました、「私の喜ばしい気持ちは、すべて、私の父と母と一緒に今や埋葬されてしまいました。乙女の身にして、こんなにも多くの高貴な親族を失うことは、いまだ一度もなかったことだ、と私は思います」。ディエトリーヒ王は、彼女が悲嘆の苦しみのさなかにあることを見て取りました。この立派な若き乙女に、彼は、親族なら当然そうすべきであるように、慰めの言葉を掛けてやるのでした。〔4249–4257〕
「姪よ、さあ元気を出すのだ、そしてその苦しみを和らげるのだ。そなたの父と母、あの二人のことは本当にわしの心を悲しませる。わしは、わしが死ぬまでずっと、二人のことをいつまでも嘆かねばなるまい。わしがこの先この苦境を克服し、いつかわしの故国に帰り着いたら、そなたの手を握って約束するが、わしは、進んで、わしの全力を尽くして、そなたを痛みと苦しみから解き放してやる」〔4258–4269〕
このことがベルネの勇士によって彼女に確約されました。名だたる勇士は言いました、「もしわしになおしばらくの生が許されるなら、わしはそなたをある男子に妻として与えるつもりだ。その男子は、そなたと一緒に、そなたの所領の地を治めることになろう」。この言を以って彼は直ちに、この乙女を彼女の父の家臣たちの後見に委ねました。そして一行は別れて立ち去って行きました。この別れは、笑いのうちになされた別れではありませんでした。〔４２７０–４２７９〕

辺境伯令嬢は、ヘルラートが馬に乗って自分から遠ざかっていくのを目にしたとき、全身、激しく身震いをしました、なにしろ〔統治という〕とてつもなく大きな栄誉が彼女一人の肩にかかってきたのですから。けれども、人々はこの後、彼女の体面にふさわしいように、彼女の面倒を見てくれました。彼女に敵意を抱き、彼女に苦しみを加える者など、一人としていませんでした。こうして、乙女は、変わらぬまことの心をもって、ベルネの王があの場で彼女に約束してくれたことを、じっと待ちました。彼女は胸を弾ませてあの約束を待っていました。〔４２８０–４２９４〕

エピローグ　記録のこと（4295–4322）

パッサウの司教ピルグリームは、彼の甥たちのために、この出来事を、それがどのような顚末であったかを、ラテン語で——後々になってこの出来事について聞き知るだれもが、これは真実だと認めるように——記録するよう命じました。そもそものはじめから、それがどのようにして生起し、経過し、そして、どのような結末となったか、つまり、勇敢な騎士見習いたちの苦境について、また、どのようにしてブルグント勢が全員死に至ったかについて、これらすべてのことを漏らさず、司教は書き留めるよう命じました。〔4295–4307〕

司教は、この出来事については何一つ、書き取らせぬまま、放っておくことはしませんでした。何となれば、あのヴァイオリン弾きが、それがどのような経緯をたどり、どのようにして起こったか、という彼が熟知している出来事を、司教に語ったからであります。なにしろ、ヴァイオリン弾きとその他多くの証言者たちは、あの出来事を実際に耳に聞き、目で見たのですから。そこで、司教の書記の長マイスター・コンラートが、この出来事を記録にとどめる作業にはいりました。〔4308–4315〕

この出来事は、その後しばしば、ドイツ語で詩に歌われ、老いも若きもこの物語をよく知っております。彼らブルグント人の喜びについて、また彼らの苦しみについて、私はみなさまに、今はもう、これ以上お伝えすることはありません。この歌は名を「哀歌」と言います。〔4316–4322〕

追記　エッツェル王の行方 （4323−4360）

ディエトリーヒ王はエッツェルのもとを立ち去っていきましたが、その後エッツェルがどうなったのか、また、彼がその身をどうしたのか、これについては、私はみなさまに本当のところをお伝えできませんし、また他のだれにもそれはできません。〔4323−4327〕

彼は殺害された、と言う人もあれば、また一方、そんなことはない、と言う人もあります。これら二つの風評の間にあって、私は虚言に対して黙していることはできませんが、さりとて、真実を述べることもできません。と言うのも、そこには疑念がつきまとっているからです。〔4328−4333〕

私はどうしても、あれこれと、思い迷わざるを得ないのです、つまり、王は道に迷ってしまったのか、あるいは、風が王をさらっていったのか、あるいは、生きたまま埋められてしまったのか、あるいは、空へ拾い上げられてしまったのか、あるいは、王は激昂してしまったのか、あるいは、洞窟の中へ滑り込んでしまったのか、あるいは、なんらかの方法で王は命を失ってしまったのか、あるいは、何物かが王を手もとへ引き取ってしまったのか、王は奈落へ落ちてしまったのか、あるいは、悪魔が王を呑み込んでしまったのか、はたまた、王はこれ以外のやり方で姿を消してしまったのか、これについては、今に至るまで、だれにも分からぬままであります。〔4334−4348〕

この出来事を私たちのために詩に編んでくれたあの詩人が、私たちに言っております、エッツェル王はどうなってしまったのか、それについて何か詩人の手もとに届いていたならば、あるいは、そうでなくても、詩人が世のだれかからそれを聴取していたならば、エッツェル王の顚末を世に知らせるために、詩人は、それを捨て置かず、進んで書き留めたであろう、と。こういう次第で、エッツェル王がさてどこへ行ってしまったのか、あるいは、王の最期はどうだったのか、それを知る者は、いまだに一人として、いません。

〔4349–4360〕

終わり

訳注

文頭の算用数字は原文でその箇所が何行目にあるかを示す。

たとえば、「18　ある詩人」とあれば、その語句に当たるein tihtaere (ein Dichter, a poet) が原文の18行目に出ていることを示す。

・原文1行目　「ここに一つの物語が始まります」　『哀歌』は『ニーベルンゲンの歌』が完結したその「時と場所」を引き継ぐことを告げる。と同時に別箇の新しい物語の誕生を宣する。

・18　「ある詩人」　エピローグ（4295–4322）で述べられている司教の書記の長マイスター・コンラートと同一人物であろう。なお、「あの語りの大家」（44）も、「この書の原作者」（569）も、「あの文芸の師」（1600）も、すべてコンラートを指している、と解する。詩人はその典拠が由緒正しいものであることを示し、『哀歌』は「書かれたものに拠る」との権威づけを行っている。

・19　「一巻の書」　コンラートがラテン語でまとめたという『哀歌』そのものの原文を指し、本体の『ニーベルンゲンの歌』までは含んでいない、と訳者は解釈する。

・39　「その自負心のために」　原文 von sîner übermuot を「高慢心」と否定的に解釈する説もあるが、ルーモルトのジーフリト弁護の弁「あの武人は罪もなく殺されたのです」（4049）に鑑みてここは肯定的に訳す。なお、『哀歌』では übermuot の語はほとんどの場合否定的意味合いで用いられている。また、写本Cでは von ander liute übermuot「他の人々の高慢心によって」となっていて、ジーフリトは免罪されている。「他の人々」はブルグントの人々を暗に指している。

・126–133　「彼女の双方の親族とも、あの意志を捨てさせることはまったくできなかったでありましょう。もし彼女が男であり得たならば、彼女は——私はこう理解しているのですが——自らの手で彼女の被った損失を幾重にも復讐したでありましょうに。そんなことは起ころうはずがありませんでした、と言うのも彼女は女でしたから」。女に復讐の権利は認められていたが、女が自らの手で復讐をなすことは許されなかった。プリュンヒルトがハゲネの手を借りてジーフリトを殺させたように、男を使って間接的に復讐を敢行することは容認されていた。このような社会通念が、このくだりの表現の下敷きとなっている、と訳者は解釈する。女の復讐の容認については、司教ピルグリームの〔3411–3419〕の言葉を参照。

・126　「彼女の双方の親族」　直前に舅ジゲムントと姑ジゲリントへの言及があるので、クサンテンとヴォルムスの親族を指しているとも考えられるが、クサンテンは彼女の復讐とは何の関連もない。従って、フン族とブルグントの人々を指していると解する。

・159–165　クリエムヒルト妃の招待の懇願については触れられていない。

・170–175　ハゲネの水の精との出会いについては、もとより一切、述べられていない。

・176–185　ディエトリーヒのブルグント勢への警告も、ハゲネとクリエムヒルトとのニーベルンゲンの財宝をめぐる丁々発止の口論も省かれている。

・196　「彼らが昔犯した罪」　原文 ir alten sünde (ihre alte Sünde) は、直接には財宝の強奪を指しているが、そのためにはジーフリト謀殺が前提となっているので、両方を含んでいると解する。この昔の罪の償いとして、彼らは最後には死ななければならなかったのだ、と『哀歌』の詩人はブルグント勢を厳しく断罪している。〔227〕参照。

・230　「傲岸不遜のハゲネが」Hagen der übermüete hêre「自負心の強いハゲネが」と肯定的に解釈する立場もある。なおここの hêre は「誇り高い、おごった」の意の形容詞である。

・241–243　基底に女性蔑視の考えが流れている。この一般的な通念を理由にすれば、彼女の所業を倫理的に責めずに済むという計算もある。〔1908–1920〕参照。

・268–269　封建主従間の揺るぎない信義 (triuwe) の事実が述べられているが、ここではむしろそれが両軍全員死亡の原因となったと、否定的に位置づけられている。しかし、司教ピルグリームは、この封建主従間の信義 (triuwe) を、ブルグント国再興の根本理念として、ことづけている。〔3449‐3458〕参照。

・282‐294　『ニーベルンゲンの歌』にも同じ趣旨の場面〔詩節1861‐1865〕があるが、『哀歌』では、「あの惨禍は避けられ得たであろう」という論理が根本を成している。あの破滅は避けられない運命ではなく、人為的過誤である、との立場を『哀歌』はとる。

・289　「彼らの高慢心から」durch ir übermuot　訳者は、übermuot の語に『哀歌』の詩人は肯定的な意味ではなく否定的な意味を込めている、との解釈に立ち、以後も同じようにマイナス・イメージに訳す。

・300‐301　胆汁と心臓は諸感情の担い手であり、胆汁は怒りを生むと考えられていた。

・303　「ライン・フランケン人たち」ブルグント国の人々のこと。

・335　「ある一人の女性の指図を受けて」ザンクト・ガレン本（写本B）では、lêre ではなく sêre となっている。「ある一人の女性の痛みを鎮めるために」の訳となる。

・340‐341　「彼は真っ先にこの約束の責任を取って命を失わなければなりませんでした」の逐語訳は、「彼は真っ先に彼の債務の担保とならなければならなかった」である。

・342‐344　「と言うのも、ブルグント国の人々は、その戦い振りに関し名誉が認められるほどに、実に激しく防戦したからです」は、『ニーベルンゲンの歌』第三十二歌章に詳述されている。

・338　「彼に妻として与えると誓われたあの女性」diu im ze vrouwen was gesworn,『ニーベルンゲンの歌』の「ヌオドュンクの婚約者」〔詩節1906〕のことであろう。

・401‐402　「選り抜きの武士のイーリンクは、ロートリンゲンの生まれであり」イーリンクをロートリンゲンの出身とするのは、ここだけであり、同じ写本Bでも1102行では「デネマルク人」となっている。

『ニーベルンゲンの歌』でも彼はデネマルク出身である。

・427–436　原文に含まれる三つの代名詞が誰を受けるかの解釈次第では、ハーワルトの武勇をほめたとの説もある。訳は次のようになる　ダンクワルトがハーワルトを、その闘志がいかなる苦境にあっても決して出し惜しみされることのなかったあのハーワルトを討ちました。死神がそもそも敢えてハーワルトに立ち向かっていったことに、私は驚いています。何となれば、ハーワルトは、人々が話の種にしていることを、つまり、彼と同様に勇敢な者たちがたとえ十二人がかりでなしたとしても、それは前代未聞のことと認めざるを得ないほどのことを、彼は〔一人で〕成し遂げたのですから〔427–436〕。

ただ、ダンクワルトの勇猛さについては、〔1420–1422〕、〔1456–1459〕にも述べられており、勇猛さの点においても、弟ダンクワルトをほめて、ハゲネの影を薄くしている、と訳者は解釈する。しかも『ニーベルゲンの歌』では、ハーワルトを殺すのはハゲネである〔詩節2073〕。

・468–472　「高貴な王のギーゼルヘルは、まさにこのとき、リュエデゲールの傷口から熱い血潮が小川となって流れ出ているのを、見たくはありませんでしたが、目にしてしまいました」　ギーゼルヘルはリュエデゲールの娘ディエトリントと婚約しているので、リュエデゲールは彼の舅に当たる。

・469　「熱い血潮が小川となって」den heizen bluotegen bach　と似た表現が、「幾筋もの血の小川」manegen bluotegen bach〔606〕と、繰り返されている。

・491　「罪を背負ったまま」　罪とは、彼がリュエデゲールを殺したことを指している。更に、ゲールノートを指して、「罪のあるこの死者を」〔1922〕の記述がある。

・500–501　「更に悲しいことに、彼女の息子〔オルトリエプ〕が殺害されるということまで起きてしまいました」 王妃クリエムヒルトが、善意の夫エッツェル王を自分の復讐戦に巻き込むために、王子オルトリエプを祝宴の場へ連れてこさせ、仇敵ハゲネを挑発したことに関しては、『哀歌』の詩人は一切触れていない。クリエムヒルト免罪のためであろう。

・520−522 「老ヒルデブラントが激しい心の怒りにまかせて、高貴な生れの王妃を打ち殺したとき」 なぜ殺したのか、その動機については一切述べられていない。『ニーベルンゲンの歌』〔詩節2375〕参照。

・523 「エッツェル王がそれと見て取るまえに」ê ez Etzel, der küenc, sach, ザンクト・ガレン本（写本B）に拠る。他の写本Bでは、dâ ez Etzel der küenc sach,「エッツェル王がそれを見ているところで」となっている。

・526−527 「悲痛はここに極まりました」dem jâmer wart ze miete sîn hôhester stuol gesetzet. 逐語訳 「悲痛に、ご褒美としてその最高の座が設けられた」。「悲痛」が擬人化されている。

・532−533 「権勢揺るぎなかった王のエッツェルが、今は、悲嘆に打ちひしがれて佇んでいる姿が見られました」の記述は、『ニーベルンゲンの歌』とは大いに異なる。そこではエッツェル王は最高の武人のハゲネを討ったがゆえの王妃の死を当然の報いとして見ている。『ニーベルンゲンの歌』〔詩節2374〕参照。

・534−539 「今や、そこで為されるべきことは、すべて為されました。そこで敢えて武器を手に取った者のうち、だれ一人として、生き延びた者はいなかったのですから。彼らは、みな、討たれて横たわり、死んで血だまりの中へ倒れていきました」 『哀歌』の詩人は、ここで、勇士たちの死の悲惨さを描き切っている。就中、「彼らは、みな、討たれて横たわり、死んで血だまりの中へ倒れていきました」die lâgen alle dâ erslagen unt tôt gevallen in daz bluot. の表現を、『ニーベルンゲンの歌』の er frumte dâ mit wunden vil manegen vallen in daz bluot.「彼はそこで非常に多くの者たちを傷つけ、血だまりの中へ倒していった（逐語訳）」〔詩節1971〕の能動的描写と比較すれば、『ニーベルンゲンの歌』の詩人が英雄的行為に肯定的であり、一方、『哀歌』の詩人が英雄的行為とその結果を冷静に見つめている、このことが明らかであろう。

・571–573　「彼女クリエムヒルトは、誠実さゆえに死んでしまったのですから、神の恩寵を受けて天国で末永く生きることでありましょう」　ここで詩人は、クリエムヒルトは前夫ジーフリトへのまことを貫いたゆえに殺されたとして、これを根拠に、彼女のすべての行為を免責する。「このことがもととなって、エッツェルは、死は別として、王たる者がかつてその身に被ったうちで最悪の苦しみを受けました。彼の妻のせいでそうなったのです」〔254–258〕とか、「かくも多くの勇士が、しかも一人の女の怒りのために、殺されてしまったことを、人々は前代未聞のこととしていつまでも語り継ぐことでありましょう」〔317–319〕とか、「この苦しみとこの痛みを引き起こしたのは、彼女自身の口でありました」〔510–511〕とか、「異教徒と呼ばれようと、また、キリスト教徒と呼ばれようと、いずれの身にも、彼女一人の企てのために、大変な苦しみが加えられたのです」〔552–555〕とか、彼女を責めている言辞が見られるが、あの惨禍を引き起こした彼女の振る舞いは、ジーフリトへのまこと triuwe という一点において、すべて許され、彼女は地獄に堕ちることなく〔552–568〕、天国へ昇っていくのである。

・577　「真実を保証する聖書が」　diu wârheit を敷衍して訳す。「神の言葉 das Wort Gottes（ハインツレ訳）」との訳もできよう。

・587　「大広間が……崩れ落ちてしまったのです」　写本Cでは verbrunnen gar「すっかり焼け落ちてし

まった」となっているのに、B本では gevallen「崩れ落ちてしまった」となっている。その意図は何であろうか。ブルグントの三兄弟王がハゲネ引き渡しを拒絶したあと、クリエムヒルトはブルグント勢の全員殺害もやむ得なしとして、大広間に火を放たせる。このクリエムヒルトの残忍さを隠す意図が、B本の詩人にあったのであろうか。もっとも、「この勇敢な戦士を灰の中から抱き上げるようにと、命が下されました。彼の主君は、鎖鎧を脱がし、彼を水で洗い清めるようにと、命じました」〔1706―1709〕とあるので、放火の事実が完全に隠されているわけではないけれども。

・613　「彼は身辺に喜びをまったく見出さない」の原文は、daz er ir lützel bî im vant. ir は vreude〔609〕を受ける、と訳者は解釈する。

・732―733　「ヒルデブラントが彼女を、まったく意味もなく、打ち殺したのです」原文の mit unsinne「まったく意味もなく・分別もなく」は、『ニーベルンゲンの歌』では「ハゲネの仇を討つために」と意味づけられている。『哀歌』の詩人は、クリエムヒルトを救いたい一心から、ヒルデブラントの殺害行為の動機を無視している。

・736　「それゆえ」原文 des (=deshalb) は、直前の「王妃が先にブルグントの国のハゲネを討って死に至らしめたので」wand si von Burgcnden lant Hagen ê ze tôde sluoc〔734―735〕の意味内容を受けている。

・742―751　詩人は、クリエムヒルトは、女傑プリュンヒルトのごとく、武人ハゲネと対等に渡り合って、これを討ったのではなく、たまたま不倶戴天の仇が彼女の手中に転がり込んできたところを討ったに過ぎない、ハゲネ殺害はその大半をディエトリーヒがしたのであり、クリエムヒルトはその締めをしたに過ぎない、と主張したいのであろう。詩人は、ヒルデブラントによるクリエムヒルト殺しの無意味さを言いたいのであろうが、理由づけが薄弱であることは否めない。

「いわれもなく」âne nôt (=ohne Not)〔751〕も、mit unsinne「まったく意味もなく・分別もなく」と同じで、不名誉な殺され方をしたハゲネの仇を討ったヒルデブラントの動機を無視した言辞である。クリエムヒルトは、当時の社会の女性の分際からはみ出して、女が自らの手に剣をとって男の勇士を打ち殺した、そのため彼女は成敗を受けた、という『ニーベルンゲンの歌』の見解に、『哀歌』の詩人はくみしていない。『ニーベルンゲンの歌』の〔詩節2374—2375〕参照。

・784—785

「そなたにそなたのまことの償いをさせるつもりなどない」これは「そなたはわしの一族全員を殺させてしまったが、それも、ジーフリトへのまことから発したのだから、わしはそなたを咎め立てはしない」の意思表明であり、ディエトリーヒはクリエムヒルトのまことを賞賛している。一方、二人の関係は『ニーベルンゲンの歌』では対立している。「鬼女」と呼び捨てにしている〔詩節1748〕。『ニーベルゲンの歌』〔詩節1901—1902〕参照。

・786—787

「そなたは、わしがかつてそなたにお願いしたことは、何一つ、拒みはしなかった」この一言は、『ニーベルンゲンの歌』の、その時、ベルネの勇士が言った、「生まれ高貴なお妃様、私があなた様にその身柄をお引き渡ししたほどの優秀な騎士が人質になるなどということは、いまだかつて一度もございません。気高いお妃様、私の執り成しを容れて、これら異郷の武士たちをなにとぞ寛大に扱っていただきたく存じます」「そうしたく思いますが」妃はこう言った。そこでディエトリーヒ王は、目に涙を浮かべながら、誉れ高い勇士たちのもとを立ち去って行った。この後、エッツェル王の妃は非情な復讐をなした。妃はこれら選り抜きの武人二人の命を奪った。〔詩節2364—2365〕と、著しく対立している。その上、『哀歌』の「王妃があの勇士を殺させるなんて、どうして私に信じることができたでありましょう！　彼を死神の手に渡そうなんて気は、私にはまったくありませんでしたのに」〔１２０４‐１２０７〕とも齟齬をきたしている。

・７９６‐７９７　「それより先に、ディエトリーヒ王が彼女の体のところへ運んでおきました」　これは、クリエムヒルトがずたずたに切り裂かれたのではないことを前提としている。『ニーベルンゲンの歌』〔詩節２３７６‐２３７７〕参照。

・７９８‐７９９　ヒルデブラントは自分の殺害行為を悔やんで嘆声をあげているのであろうか。詩人は、ヒルデブラントまで泣かしてクリエムヒルトを免罪している。

・８１０‐８１１　「生涯にわたっていつも偽りのない言葉を口にしていた女性」　この表現は、復讐の本心を隠してエッツェル王にブルグント勢の招待を懇願したクリエムヒルトの口〔５１１〕と矛盾している。これもクリエムヒルト免罪の意図のもとになされている。

・８１６‐８１７　「このときになってはじめて、ディエトリーヒがエッツェル王に本当の事の次第を報告しました」報告の内容は明示されてないが、恐らく、エッツェル王自身の言葉、「もしわしが、妻の高貴な身に備わるまったきまことを、はっきりと知っていたならば」〔８３０‐８３１〕から推測して、この度の惨事は妻クリエムヒルトの前夫ジーフリトに対する愛のまことから起こったのだ、ということであろう。ただ、このことなら、この時点ではもう、善意のエッツェル王も知っていたはず。この二行は、筋の流れにそぐわないが、友好と善意のエッツェル王の無知ぶりを強調するために、添えられたのであろう。

・８２４‐８２７　「生あるかぎり高い誉れをほしいままにしていた、妻の親族たちに関わるわが目の楽しみを、どうしてわしは失ってしまったのだ」　エッツェル王は、自分の将兵の敵となったクリエムヒルトの親族の死を惜しんでいる。また、「ああ、痛ましいかな、……、グンテルにその弟たちよ」〔８３６−８３７〕の表現も見られる。味方の戦士たちが全滅させられた後でも、エッツェル王は、ブルグントの王たちに対しては善意を保持し続けている。ハゲネ、フォルケール、ダンクワルト等とその頂点にある三人の王とは、エッツェル王の頭の中では、切り離されている。

・８３０−８３５　ここでエッツェルが絶賛しているクリエムヒルトの「まこと triuwe」は、前夫ジーフリトに対するまことである。詩人は、クリエムヒルトのまことを強調するために、善意の化身と言うほかはないエッツェル像を描いている。

・８３６−８３７　「ああ、痛ましいかな、高貴な王侯たちよ」ôwê fürsten hêre, が、ザンクト・ガレン本（写本Ｂ）では ôwê vürsten êre,「ああ、痛ましいかな、王侯たちの名声よ」となっている

・８５８−８６１　「もはやぐずぐずしないで」と雄々しい武人ディエトリーヒは言いました、「あなた様の幼い息子をその母のところへ運ばせなさいませ」ザンクト・ガレン本（写本Ｂ）では iuver (=Euer, your) wênigez kindelîn「あなた様の幼い息子を」となっている。ところが、他の写本Ｂでは mîn(=mein, my) と表記されている。これだと、「わしの幼い息子を」となって、発話者の「雄々しい武人」もエッツエル王を指すことになり、「わしの幼い息子をその母のところへ運ぶのだ！」の訳となる。

・８６２−８６５　王子オルトリエプの遺体は、『ニーベルンゲンの歌』〔詩節２０１３〕によれば、フン族の将兵七千人とともに、広間から投げ捨てられたことになるが、これでは身も蓋もない。

・８６６−８７３　エッツェル王は、王位継承の資格のある息子と弟の二人の血縁者を失くし、フン族の国再建の「輝かしい栄光への道を失ってしまいました（逐語訳　ああ、エッツェル王は息子のことでなんと数々の高い名誉を失ってしまったことか！）」〔８６６−８６７〕。

・874–882　戦死者は、キリスト教徒、異教徒の区別なく、悼まれる。〔2177–2179〕、〔2347–2349〕、〔2425–2426〕参照。

・904–907　「誠実をもって受け入れられることを、また、わしに対して誠実を尽くすことを願ったブルグント勢を、人々は生かしておくべきであったし、また、彼らをそっとしておくべきであったのに」die triuwe haben wolden und (mir) getriuwe wolden wesen, die solden si hân lân genesen und solden si vermiten hân.　別訳も可能である「(主従間の)誠実を保持したいと望み、また、わしに対して誠実を尽くすことを願った人々は、〔つまり、ブレーデルとその家臣たちは、〕彼らを、〔つまり、ブルグント勢を〕生かしておくべきであったし、また、彼らをそっとしておくべきであったのに」。

・912　「あのこと」　原文はdaz (=das, that) である。その内容は、寺院へ礼拝に行くのに、ブルグント勢が完全武装していること〔『ニーベルンゲンの歌』〔詩節1861–1865〕〕の理由も含めて、これまでにクリエムヒルトが仕掛けたすべての敵対行為を指す、と訳者は解釈する。

・918–919　「高貴な生まれの妻は彼らに対して昔からの怒りを抱いていたけれども、それが何だと言うのだ」waz danne, ob einen alten zorn ûf si truoc daz edel wîp?　このエッツェル王の言葉は、一見、彼の無知と矛盾しているようだが、「このときになってはじめて、ディエトリーヒがエッツェル王に本当の事の次第を報告しました」〔816–817〕とつながっているのであろうか。惨禍が起こる以前からエッツェル王が「妻が彼らに対して昔からの怒りを抱いていた」ことを知っていたのであれば、話の流れは混乱してしまう。

・922–923　「ハゲネが妻に何をしたか、そのことについては、わしはよく承知している」　エッツェルが承知している範囲は、ハゲネがジーフリトを殺したこととニーベルンゲンの財宝を強奪したこと、の二点に限られる。よもやこの度の祝宴を機に、妻クリエムヒルトが、昔からの怒りの復讐を企てていようなどとは、エッツェルは夢想すらしていない。ここは、「ああ、悲しいかな、だれ一人としてわしに、彼らの妹のクリエムヒルトが彼らに激しい敵意を抱いているという、正しい情報を伝えようとしなかったとは！〔944–947〕と関連している。

・922–929　ここでのエッツェルの言葉は、クリエムヒルトの甘言に釣られて弟のブレーデルが戦いの緒を切る直前の時点を想起して、その時点でのエッツェルの立場から発せられた言葉である。わしなら、こちらから戦いを挑む愚行はなさなかったであろう。エッツェルが、息子のオルトリエプを殺された後の時点でも、ハゲネに剣を振り下ろさないというのであれば、エッツェルの人格は崩壊する。このくだりは、ブルグント勢を正当防衛へと追い込んだ、弟の軽率な行動を厳しく叱責する点に重点がある。こう解釈しないと、「エッツェル王は、彼の息子の復讐をなしてくれるようにと、頼み、また命じもしました」〔3854–3855〕とも矛盾する。

・936–942　ここでも、エッツェル王は、彼の軍勢を滅ぼしたグンテルとその家臣たちに対する彼の信頼を口にしている。

・973　「昼の光を出現せしめられ」は、旧約聖書の創世記と関連している。

・1018–1023　ここにも女性蔑視の表現が見られる。

・1046–1049　「かの地で私を助けてくれるはずの、そして再び私をあの栄光へと連れ戻したいと望んでいた家臣たちが、みな、討ち取られて死んでしまいました」ディエトリーヒが亡命先のエッツェル王の地を去って故国へ帰還することの困難さが、ここに、明記されている。すぐ後の〔1056–1064〕でも、ディエトリーヒは同じ嘆きを繰り返している。

・1070-1072　「エッツェル王は、彼の息子と彼の妻の二人を、また彼の弟の亡骸を運び去るよう、命じました」ここではまだ、エッツェル王は支配者らしく適切な命令を下している。

・1137　「グンテル王が、その首が切り落とされたその場所に」『哀歌』では、「クリエムヒルトの指示によって」の文言が、彼女の免罪のために、巧妙に隠されている。

・1139-1147　ここでも、エッツェルはグンテルに対する親しみを吐露している。

・1150-1151　「あなた様の大きな寵を得んがために、必死に努めたればこそ」『ニーベルンゲンの歌』では、ディエトリーヒがグンテルと戦って彼を取りひしぎ縄目にかける行為は、エッツェル王の寵とは何の関連もない。

・1155　「私どもの」ディエトリーヒと彼の重臣ヒルデブラントを指す。

・1168-1173　「ハゲネは言いました、和平がわしらの何の役に立つと言うのだ！　なぜなら、ギーゼルヘル様もゲールノート様も、ご両人とも、死んでしまわれたのだぞ。また、そなたのヒルデブラントがブルグントの国のフォルケールを打ち殺してしまったのだぞ、と」『ニーベルンゲンの歌』では、ハゲネは、武人としての誉れを賭け、この最後の戦いに勝ってブルグントの国への生還を期して、ディエトリーヒと戦っている。和平の申し出を一蹴するのは、ハゲネの武人としての面子のためであり、主君や戦友の死とは何の関連もない。趣旨のずれが見られる。なお、『ニーベルンゲンの歌』では、ハゲネが先に戦い、最後に、王のグンテルが戦う。

・1204-1207　「王妃があの勇士を殺させるなんて、どうして私に信じることができたでありましょう！彼を死神の手に渡そうなんて気は、私にはまったくありませんでしたのに」『ニーベルンゲンの歌』〔詩節2364-2365〕では、ディエトリーヒは助命の見込みのなさをうすうす感じている。

・1250–1251　「さあ、ご覧ください、事をすべて謀ったあの悪鬼が、ここに、死んで横たわっていますぜ！」『ニーベルンゲンの歌』ではハゲネの仇をクリエムヒルトに対して討ってやったヒルデブラントが自ら、ハゲネを「悪鬼 vâlant」と罵っている。ハゲネに救いなし。

・1256–1259　「王様、私どもが実際この間の事情をきちんと耳にはさんでさえいれば、私どもは、あなた様の苦しみをしっかりと阻止したでありましょうに」her küinec, jâ hêt wir vernomen harte wol diu maere, wir hêten iuwer swaere vil wol understanden.　「私ども」は、ヒルデブラントとディエトリーヒ、あるいはアーメルンゲン勢を指していることは間違いない。とすれば、彼らはクリエムヒルトの復讐の怨念については熟知しているので〔『ニーベルンゲンの歌』〈詩節1724–1730〉〕、このせりふは話の流れにそぐわない。訳者は、「この間の事情 diu maere」の内容を「クリエムヒルトがブレーデルを復讐へと唆したこと」と解釈する。こう解釈すれば、このせりふは、後続の「わが王妃の受けられた侮辱をブレーデル様が復讐しようとなさいました。〔でも〕そのようなことは何一つとして起こってはならなかったのです」とスムーズにつながる。

・1270–1282　ジーフリトを謀殺したブルグント人たちがフン族の地で全滅したのは、彼らの傲慢心に対する「神の怒り gotes zorn・神の一撃 gotes slac」であり、自業自得である、と、『哀歌』の詩人は、ヒルデブラントに断罪させている。

・1283–1287　このくだりは、ただ一人悪者に落とされるハゲネへの、せめてもの好意が描かれている。しかも、エッツェル王が彼の幼い王子の首を刎ねたハゲネに対してこのような処置を命じるとは、王の心優しい寛容さが窺われる。

・1302–1307　「ハゲネは、だれの好意も撥ねつけるような行為は何一つしなかったでしょうに、もし王妃クリエムヒルトがブレーデルにハゲネの弟ダンクワルトを殺すようにと命じるあの一事をなしていなかったならば」　ハゲネに寄せられる数少ない弁護の一つ。なお、『ニーベルンゲンの歌』では、クリエムヒルトは、ダンクワルトを討て、と具体的な指示はしていない。

・1314–1315　「事態がこのようになってしまったのは、悪魔の〔唆しの〕せいです」　ここで「悪魔の〔唆しの〕せい von des tiuvels schulden 」が出てくるのは、唐突の感が否めない。直前の注に引用した箇所〔1302–1307〕から「そうすれば、あのようなことはすべて何一つなされなかったでありましょう」〔1308〕までの文章の流れに素直に沿えば、ここは当然「王妃クリエムヒルトの〔唆しの〕せい」とあるべきところである。詩人はこれを避け、クリエムヒルトの免罪を試みた、と訳者は解釈する。あるいは、クリエムヒルトに乗りうつって彼女の行動を仕切ったとして、悪魔に責任を転嫁している、と解釈すべきか。いずれにせよ、クリエムヒルト免責が詩人の狙いである。

・1324–1329　ディエトリーヒは、フォルケールとは旧知の仲で、彼のことを熟知しているが、エッツェル王は、この度の祝宴ではじめて会っただけで、彼については何も知らない。

・1328　「勇敢な勇士のエッツェル王は」　エッツェル王を指して、40行、1782行、2116行、2314行で、「勇敢な勇士」と呼んでいる。ハインツレの訳注に拠る。

・1330　「喜び勇んで」 âne haz　原意は「敵意なく・恨みなく」であるが、慣用的に「喜んで」の意で用いられる。ここでは、ヒルデブラントはフォルケールとの戦闘を語る機会を得たので、「わが意を得たとばかりに」詳細に語り始める。

・1367–1402　このヒルデブラントのせりふは、1388までは主君ディエトリーヒに向かって自分の実戦ぶりを語っており、1389以降はエッツェル王に向かって楽人フォルケールの説明となっている。

・１３８６–１３８７　「この武人の向こう見ずな意気地が、私どもに増える一方の損失を与えました」der sîn vil hôhvertiger sin der schadet uns immer mêre. schadet を現在形ととらえるハインツレの解釈に倣えば、「この武人の向こう見ずな意気地は、私どもをこの先いつまでも害して止むことはありません」の訳となる。彼に殺された彼らの勇士たちはかけがえのないほどに優秀であり、彼ら勇士たちの喪失は祖国帰還の可能性を危うくするから、との理由づけを訳者は加えたい。

・１４１８–１４２２　弟ダンクワルトの武勇を兄ハゲネの四倍と褒め上げることによって、雄々しさを積極的には評価しない『哀歌』の詩人が、最強の武勇をほこるハゲネを貶めている。『ニーベルゲンの歌』〔詩節２３７４〕参照。

・１５２７　「倒れて壁にぶつかり死んでいました」jâ was der degen guote tôt gevallen an die want. は、「壁際にくずおれて死んでいました」とも訳せる。

・１６００　「あの文芸の師」der meister は「書記の長マイスター・コンラート」meister Kuonrât〔４３１５〕と同一人物。

・１６１０–１６１１　「エッツェル王は悲憤の思いに圧倒されてしまいました」ungemüete hête pfliht sîner ungeteilten spil. 逐語訳「悲憤がその勝機不釣り合いの試合の分け前を取った」。

・１６８１–１７０５　「剣を手にしっかりと握り締め、歯を食いしばって」死んでいるウォルフハルトの姿は、死んでなお闘志を失わぬ勇士の雄々しさを示すと同時に、死んだ勇士の硬直した屍のむなしさをも伝えている。なお、ゲールノートも死んで剣を手放していない。「見れば、彼の手にはまだ、血でぬれ赤く染まった剣が、握られていました〔１８７８–１８７９〕。

・１７００–１７０２　「わしがかつて生を受けたことこそ哀れよ！　わしの助力者たちはわしから、すっかり、奪い取られてしまった！　亡命者のわしは一体どこへ行けばいいと言うのだ」　ウォルフハルトの亡骸を見て、ディエトリーヒは激しく嘆く。額面通りに受け取れば、祖国帰還は絶望ともとれる。

・1722–1723　「神のわしへの思し召しが芳しくなく、神はお前を生かしておかれなかった」　このせりふの基底には、王の運・不運が家臣ら全体に及ぶ、との王の神秘性に関する信仰がある。『ニーベルンゲンの歌』〔詩節2320〕及びその注参照。

・1739　「けれども遺憾ながら、そんなことはまったくあろうはずがない」　ギーゼルヘルがウォルフハルトと相討ちとなって既に死んでいるので。

・1742–1743　「わしの長い亡命生活の惨めさはいよいよ深まってしまった」 **mîn langez ellende hât vaste sich gemêret.**　ハインツレは、「わしの長い亡命は今や決して終わりとなることはないであろう」と意訳している。リーネルトは、ディエトリーヒが彼の北イタリアの国〔首都はベルネ＝ヴェローナ〕を奪還して亡命が終わりとなる、そういう見込みが今やもはやなくなってしまった、と注を施している。

・1778–1779　「嘆きが千年の長きにわたって続いたとしても、それでもいつかは、事は忘れ去られざるを得ないでありましょう」　プラグマティック〔実利的〕な視点が提示されている。「嘆けば何か私どもに益があるのであれば、私だってこの高貴な戦士のことをいつまでも嘆くことでしょうよ」〔1754–1756〕の、ヒルデブラントが主君ディエトリーヒを諫める言葉と通じている。また、「この苦悩が今いつまで続こうとも、あの人たちは、それでも、生き返っては来ません。嘆きの激しい力も、結局は、終わるほかはないでありましょう」〔3750–3753〕と、ジンドルトが王妃プリュンヒルトを慰める言葉も同じ趣旨である。しかし、「人々は、この世の終わりに至るまで、リュエデゲールのことを嘆きやめることは、決してできないでありましょう」〔1868–1870〕の表現とは著しい対照を見せている。

・１８００―１８０１　「そなたは、名声の高みを果敢に求めて、遂には死に至ってしまった」dû bist von hôhen sachen kumen unz an dîn ende. 逐語訳「そなたは高みからそなたの死に至ってしまった」。ここの sachen は、形容詞とともに用いられる言い換え、と訳者は解する。問題は「高み」の内容である。ハインツレは、「そなたの勇猛心がそなたに死をもたらしてしまった」と訳している。

・１８０９―１８１１　「ああ、勇敢な武士にして楽人のフォルケールが彼に勧めた通りに、事が進みさえしていればよかったものを！」『ニーベルンゲンの歌』では、ギーゼルヘルと辺境伯令嬢との婚約を勧めるのはハゲネである〔詩節１６７７―１６７８〕。ここでもハゲネはさりげなく無視されている。

・１８５５　「一エレにわたって」エレ elle は肘から指先までの長さ、五〇センチから八〇センチ。

・１８７４―１８７５　「勇士リュエデゲールがこんな贈物をしなかったならば、彼は、もしかしたら、生き延びたのではないでしょうか」詩人は、リュエデゲールが贈った剣の見事さを強調したいのであろうが、リュエデゲールが贈物に込めた、親睦の絆を深めたいとの願いは等閑に付している。なお、エッツェル王夫妻への忠義とブルグントの人々への友誼とのディレンマに陥って、懊悩するリュエデゲール像については、『哀歌』の詩人は一切触れていない。

・２００２―２００３　「あんなにも大きなわしの罪」ディエトリーヒが戦場でエッツェル王とヘルヒェ王妃の息子二人を不注意から戦死させてしまったこと指す。『ラヴェンナの戦い』参照。

・２００５―２００７　「そなたは、わしがそなたの傍にいるのを自身の目でしばしば見掛けてきた王の家臣たちに対しても、わしがそなたの傍らにいたこと〔原文の逐語訳　わしのこと〕を、打ち消してくれた」ラヴェンナの戦いの際、わしがそなたの傍にずっといたために、すなわち、エッツェル王の二人の息子たちの近くにいなかったために、目が行き届かず彼らを死なせてしまった。ディエトリーヒのこの落ち度をリュエデゲールは庇ってくれた。

・２１１６　「そして勇敢な勇士（の王）は、彼に水を注いでやりました」ザンクト・ガレン本（写本Ｂ）dô vergôz in der helt guot. に拠る。他のＢ写本では「そして王は、この勇敢な勇士に水を注いでやりました」do vergôz er den helt guot. となっていて、異同がある。

・２１３３　「数々の徳の父なる」ザンクト・ガレン本（写本Ｂ）では vater maneger tugende となっており写本Ｃでは「あらゆる徳の父なる」vater aller tugende となっていて、異同がある。

・２１９８　「言い伝えをもとに」von sage この表現は、「そこで、司教の書記の長マイスター・コンラートが、この出来事を記録にとどめる作業にはいりました」〔４３１４―４３１５〕と関連している。

・２３０５以下　エッツェル王は、王妃クリエムヒルトと王子オルトリエプの葬儀の、このあたりから著しく気力を喪失していく。

・２３３３　「異教徒たちの地からはるばると」絹布の名産地オリエントの地から、の意。

・２３９８　このあたりではまだエッツェル王には指示を出す気力が残っている。

・２４５０―２４５４　「神は、慈悲をかけて、あなた様の苦しみの埋め合わせをなさることができます。だってあなた様は、私ども二人を、私とヒルデブラントを、国もとのあなた様のお傍に、擁していらっしゃるではありませんか」これが、エッツェル王に対するディエトリーヒの最大限の助力の申し出と再起を促す言葉であるが、これを、「それが何の役に立とうか」〔２４５５〕とエッツェル王はにべもなく、神も助力も、退けてしまう。これを機にディエトリーヒの心は離れていく。ヒルデブラントは、すかさず、気落ちした主君ディエトリーヒに帰国を勧める〔２４９６以下〕。

・2489 「彼が一番はじめに泣いたときと同じように」 なんと声高く彼は嘆き始めたことでありましょう！ まるで野牛の角笛を聞くかのように、声が、高い家柄の生れの高貴な王の口から、とどろき渡り、このとき、王の悲痛な嘆きはあまりに激しく、その声で塔も宮殿もうち震えるのでありました。〔624-631〕を指していると、訳者は解釈する。

・2490 「いささか」の原文 ein teil は「大いに」との訳も可能。他の箇所、〔2096〕、〔3541〕、〔3566〕でも同様である。「少しは」と訳した〔3531〕、〔4009〕も同様である。

・2496-2513 ヒルデブラントの勧めは、荒廃してしまった国の王エッツェルに対する憐みの情を一切含んでいない、極めてプラグマティック〔実利的〕なものである。彼らに亡命を許してくれ、恩義を負うエッツェル王の国を去る理由づけとして、婚約者ヘルラートに対する主君ディエトリーヒのまこと triuwe の義務が、突如として挙げられる。その義務内容は明らかにされないが、ヒルデブラントの話の筋にそって曖昧なところを補えば、ディエトリーヒとヒルデブラントは、北イタリアの故国へ帰還して王国を再建し、ヘルラートを王妃の座につける、という誓約を彼女にしていたのであろう。

・2500-2501 「王妃のヘルヒェ様があなた様に贈られたもの」 おそらく「王妃ヘルヒェが彼女に遺したもの」〔4147〕と同じものを、つまり、「優に八万マルクの価値のある財」を指しているであろう。

・2531-2538 武器の再利用、ここにもヒルデブラントのプラグマティック〔実利的〕な発想と行動を見る。

・2539-2573 このあたりまでは、エッツェル王は、受動的ではあるが、まだ王としてまっとうな行動をとっている。

・2592 senden.‹ ›daz sî Swemmelîn‹, となっており、1行の半ばにピリオドがある。

・2630-2632 「プリュンヒルト妃と母后ウオテ様のご両人にこのことの償いをさせることはない、このことも伝えてくれ！」　ここでも、殺された者の血縁者による殺した者の血縁者に対する復讐〔Blutrache〕の考えが見られる。

・２６３３−２６４２　ここでもまだ、エッツェル王は、理路整然としたことづけを託し、正常な行動をなしている。

・２６５７　「この命を失わずに」　当時、宣戦布告や死去など凶報をもたらす使者は殺されることもあった。「ここで直ちに王妃様に要望申し上げますが、このことが私にとって不利益とならないよう、お取り計らいいただきますように」〔３６１６−３６１７〕も同じ趣旨である。

・２７００　「ディエトリントに」 Dietlinde は Dietlint の与格。Dietrîch ＋ Gotelint の合成形であることは明らかであろう。辺境伯リュエデゲールの娘は、『ニーベルンゲンの歌』では無名であるが、『哀歌』の詩人は具体的な名も与えている。

・２７００−２７０３　「そなたらはディエトリント嬢にも伝えてほしい、たとえそのような面会が叶わなかろうとも、それでもやはり、わしは近いうちにわしの姪に会いたいと思っている、と」　本当の事態を知っているディエトリーヒは、この時点で既に、辺境伯令嬢に戦死したギーゼルヘルに代わる新しい婚約者をあてがい、ベヒエラーレンの再興を期そう〔４２７２−４２７５〕と、将来の見取り図を冷静に構想しているのであろうか。

・２７４０　「領主の大公様」　原文は der künec「王」となっているので、「エッツェル王」と解するのが常道であろうが、この時期エッツェル王がウィーンを訪ねるという行動は文脈に合わない。訳者は、この王はウィーンとその周辺を統治する「大公」herzoge を指し、この領国の人々が自分らの領主を「王」と呼んだ、と解釈する。den künec〔２７４４〕も der herre〔２７４６〕も同じ。

ウィーンとその周辺を統治する大公は、戦士たちを引き連れてこの度のエッツェル王の祝宴に出席し、その留守を大公令嬢のイザルデがあずかっている、このような状況を訳者は想定する。

・２７８４−２７８５　「華やかな都ウィーンは、この後、憂愁にすっかり閉ざされてしまいました」　写本Cでは、diu guote stat, diu wart sint elliu eines tôdes vol.「華やかな都ウィーンは、この後、口にのぼるのは死のことのみとなりました」。ungemüetes の代わりに eines tôdes が用いられている。

・２７８６−２７８７　「使者たちは急いでウィーンの街から出て行きました」　ハインツレに倣ってこう訳した原文は、dô liezen in die boten wol von Wiene zogen ûz der stete. である。似た構文が『ニーベルンゲンの歌』に見られる。dô liezen si in der dienste zogen deste baz.〔1649, 3〕「逐語訳　その時彼らはその奉仕を一層急いだ」。「それだけにいっそうてきぱきと、彼らは自分の務めを果たすのであった」。ここでも **in** = **ihnen** = sich（Reflexiv 再帰代名詞）であり、zogen = eilen であり、der dienste は属格である。当該の原文は、der dienste の代わりに、von Wiene ûz der stete が位置している構文である、と訳者は解釈する。

・２７８８　「ディエトリーヒ王の命令」　具体的には、辺境伯リュエデゲールの死を秘せ、を指す。

・２８１３　「辺境伯令嬢」　原文は marcgrâvinne なので「辺境伯夫人」と訳すのが普通であるが、文脈に合わない。３０４９行では、明らかに令嬢のことを指して marcgrâvîn と呼んでいる。また、２８２４行の vrouwe marcgrâvîn の呼びかけも、文脈から推して、「辺境伯令嬢」を指している。３０４６行、３０５４行、３２６５行では、明らかに令嬢のことを指して、vrouwe〔Frau, lady〕と呼んでいる。ゴテリント夫人が登場するのは２８３６行（Gotelint, diu vrouwe）からである。

・２８２２以下　使者たちの姿を遠望して、先ず、主君たちの無事な帰還が期待され、次いで、悲しい現実が明らかになって、糠喜びが消え去る。同じパターンが、パッサウでもヴォルムスでも繰り返される。

・２８７８−２８８０　「ともあれ、祝宴が、王妃クリエムヒルト様にとって、こともなく終わっていればいいのですが！　そんな風には、私、とても信じられませんけれども」　辺境伯令嬢ディエトリントは、『ニーベルンゲンの歌』の場合とはがらり違って、政情に詳しい。ここがその手始めである。〔3014–3024〕参照。

・2978–2981　「そのことが私の心をひどく痛め苦しめるのです。と言うのも、父が自国へ使者を送るときはいつだって、真っ先に私に」と乙女は語りました、「報せは伝えられたのですから」　この言葉から、リュエデゲールが留守中の政務は娘のディエトリントが一手に引き受けていたことが、窺える。

・2989　「虫が」　原文 ir herze「彼女らの心が」である。

・3006–3009　「そして、ディエトリート様は十二日以内にあなた様とここベヒェラーレンでお会いするつもりでいらっしゃることを、あなた様に伝えさせてください」　なぜディエトリーヒがこのような予定をことづけたのか、不明である。先の〔2700–2703〕の注と関連しているのであろうか。使者たちの帰国を待ってのディエトリーヒの出発となれば、「十二日以内」は日程上とても無理である。使者役の騎士見習いがとっさに思いついた、うわべだけの慰めの言葉か。

・3014–3024　『哀歌』では、辺境伯令嬢は王妃クリエムヒルトの復讐の実行を予測するほど深く事情に通じている、設定となっている。

・3057–3058　「こんなでたらめな話を苦悩しながら言い続けること」　Dirre lügelîchen maere ze schermen in ir swaere, の in を前置詞の in ではなく、ihnen ととらえて、「彼らの苦悩を押し隠すためにするこんなでたらめな話が」との訳も可能か。

・3190–3192　「〔夫への〕まことの心を保持し続けたいと望まれるあるお方が」　暗に王妃クリエムヒルトを指している。

・3193―3207　使者のスウェメルは、クリエムヒルトの所業をこの上なく厳しく責め立てている。
・3213　「神は孤児たちの父であられる」　ここは、旧約聖書詩篇「神はみなしごの父、やもめの保護者である」（第68章5）を踏まえての表現である。文脈から推して、その孤児の一人が辺境伯の娘ディエトリントということになろう。ハインツレの注に拠る。この箇所からも『哀歌』の詩人が聖職者であろうと推測される。
・3226―3229　あの惨事の真相がすべて明らかになった今は、武具をひそかに持ち込む必要はなくなった。
・3246　「廷臣たちが」　原文の daz volc は、die leute in beziehung auf ihre gebieter〔Benecke・Müller・Zarncke **Band 3　S. 365**〕「その命令者との関係における人々」の説明に基づいて、「領主と関係のある城の中の人々、つまり、廷臣たち」と解釈する。3701行、4006行及び4228行の daz volc も同様に解釈する。
・3284　「婚約者の二人にとってこれ以上に悪い事態は起こり得なかったでありましょう」 ez möht in nimmer wirs sîn komen:　この行を次の「ゲールノートが彼女の父を打ち殺した」ことと関連させて、「彼女ら二人にとって、つまり、ゴテリントとディエトリントにとって、これ以上に悪い事態は起こり得なかったでしょうが」との解釈も可能である。リーネルトの訳に拠る。
・3323　「容易に夜の宿りを」 sanfte nahtsedel「快適な宿りを」の訳もできよう。
・3345　「エッツェルがそもそもあの祝宴を企画したことが」　クリエムヒルトがエッツェルに祝宴の開催を懇願した事実は、巧妙に隠されている。
・3348　「天にまします神の勇士よ」 himelischer degen「天なるキリスト」への呼びかけ。
・3371―3377　副文「私の妹の息子たち〔彼ら〕が全員私のもとに戻って来ることになるまでは」 unze

mir mîner swester kint, ...müesen alle werden wider.〔３３７７〕ザンクト・ガレン本（写本B）では、hei, waern si gesunt komen her wider!〔３３７７〕「ああ、彼らが健やかな身のままここへ戻って来ていればなあ！」と独立の感嘆文となっていて、主語の mîner swester kint を受けるべき述部が消えてしまっている。

・３４０４–３４１９　司教ピルグリームのこれらの言葉は、彼が姪のクリエムヒルトの復讐を予期していたことを、更には、彼が復讐の正当性を容認していることを、示している。この発言は、次の箇所へと論理的につながっている、つまり、「彼らが金色のニーベルンゲンの宝に食指を動かさなかったならば、彼らは妹クリエムヒルトのところへなんら気遣うことなく騎行でき、彼女の好意を受けることもできたであろうに。彼ら自身の咎ゆえに、また、彼らの強い高慢心ゆえに、われわれは、エッツェルの国で、あの勇敢な武士たちを、一人残らず、失ってしまった」〔３４３０–３４３８〕。

・３４１４–３４１６　「彼女のジーフリトを打ち殺した者たちがその報いを受けていたならば、彼女はそのことで責めを受けることはなかったであろうに」die ir Sîvriden sluogen tôt, unde hêten's die engolten, sô waer si unbescholten, 原文でも複数となっている。ということは、グンテルが含まれていることになる。なお、ir を「彼女の」と訳したが、文法上はこれは「利害の与格」である。

・３４２０　「かつてハゲネの母がハゲネを産んだこと」daz in sîn muoter ie getruoc!「孕んだこと」とも訳せる。

・３４４９–３４５８　グンテルの家臣たちへの司教ピルグリームのこれらのことづけは、ブルグントの国の二人の重臣、ジンドルトとルーモルトによって受け継がれ、ブルグント国再建の礎となる。司教の権威ある発信が再生の指針を与える。

・３４５９–３４８４　記録の意志は、エピローグ〔４２９５–４３２２〕とつながる。

・３４９７―３５２６　この挿話は、時系列に並べれば、シュヴァーベン地方を通過する前の出来事でなければならない。写本Ｃではそうなっている。あるいは、「今はこの話をするのはやめにしましょう」〔３５２７〕から推して、この話はフラッシュ・バック として挿入された、とも考えられる。ハゲネを貶めるための無理なこしらえと、みなすこともできよう。

・３５１４　「彼らに対する」 具体的には、渡し守を殺したハゲネとゲルフラートを殺したダンクワルトを指して、「彼ら」と言っている。

・３５１６―３５１８　「狼が復讐する者は、更なる復讐には及ばないほどに完璧に、復讐されてしまうものだ」ハゲネとダンクワルトだけでなく、ブルグント勢全員が死んだことを指して、「完璧に」と言っている。

・３６１１―３６１７　使者のこの前置きで、王妃プリュンヒルトは直ちに凶報だと気づき、「報せを聞くより前に泣くことを抑えることができませんでした」〔３６２４―３６２５〕となる。〔２６５７〕の注参照。

・３６８２　「俗世の栄光を打ち捨てた母后ウオテは」Uote, diu gar unhêre,（写本Ｂ） 写本Ｃでは「高貴な生まれの母后ウオテは」Uote diu vrouwe hêre と字句の異同が見られる。

・３６８３　「ロルシュ」Lôrse = Lorsch ヴォルムスの東、ライン河を越えて約十キロの地にある。

・３７００―３７０３　「そこでは、廷臣たちが大きな叫び声を上げ、ごった返していました。プリュンヒルトとウオテの悲嘆の声とその他の廷臣たちの悲嘆の声に匹敵できるものは、何一つとしてありませんでした」母后ウオテがやっとたどり着いたヴォルムスの宮廷の上を下への混乱と悲嘆の様を叙したものと解釈する。なお、３７０２行の ir (= ihr, her, their) は「彼女の＝プリュンヒルトの」、「彼女らの＝プリュンヒルトとウオテの」、「彼らの＝廷臣たちの」、三様の解釈ができる。

・３７３０―３７３１　「〔空の王座の前に〕着席してみて、嘆くことこそ彼ら一同の身にふさわしい、そのことが思い出されるのでありました」dâ von was unvergezzen, daz si dâ klagen solden. ハインツレの意訳に倣えば、「彼ら一同そこで何を嘆くべきか、それが明々白々となりました」となる。

・3814　「その血がハゲネの手にほとばしりました」『ニーベルンゲンの歌』では、「血は剣をつたって、ハゲネの手もとへ流れ」〔詩節1961〕と描写されている。

・3833–3835　dâ kunde niemen bî gestân,
der iht êren wolde hân,
der müese gewert immer sîn.

この三行は、解釈の分かれるところ、gewert の不定詞 wern を wehren「守る」と gewähren「望みを叶えてやる」とのいずれにとるかによって、解釈が違ってくる。

リーネルトの説の、wehren「守る」によって訳せば、次のようになる。「そこ〔大殺戮の祝宴会場〕では、いささかでも〔戦士としての〕誉れを得ようと欲する者は、その者が戦闘から遠ざけられてでもいないかぎり、だれ一人として傍観して済ますわけにはいきませんでした」。なお、「その者が戦闘から遠ざけられてでもいないかぎり」は、戦場の宴会場からの撤退が許されたディエトリーヒとリュエデゲールおよびその家臣たち並びにエッツェル王を訳者は想定する。

ハインツレの説の、gewähren「望みを叶えてやる」にそって訳せば、「そこ〔大殺戮の祝宴会場〕には、いささかでも〔戦士としての〕誉れを得ようと欲する者で、十分にその望みが叶えられなかった者は、一人としていなかった」。

なお、三行目の müese は接続法第二式現在形で、三行目全体は表面上否定詞を伴わない除外文であると解釈する点では、二者の説は共通している。

・３８９６－３８９７　「彼ら二人には、〔死んだ〕他の者たちに対する心痛のあまり、生き長らえるつもりはありませんでした」『ニーベルンゲンの歌』〔詩節２３２６－２３６５〕では、二人は武人としての体面にかけて、この最後の戦いを勝ち抜こうとする。〔１１６８－１１７３〕の注を参照。
・３９３８－３９３９　「妃は、これら賞賛すべき二人の武者の命を取らせたのです」den recken lobelîchen hiez si beiden nemen den lîp. = den ruhmreichen Helden ließ sie beiden das Leben nehmen.（リーネルト訳）。王妃クリエムヒルトは、実兄グンテルは部下に殺させるが、仇敵ハゲネは自らの手にジーフリトの遺剣バルムンクを握って打ち首にする。この事実をさりげなく隠す、クリエムヒルト免罪をにおわす表現となっている。
なお、『ニーベルンゲンの歌』では、ハゲネが先に、グンテル王が最後に、捕らえられて、王としての威厳を守る順序が保たれている。
・３９４２－３９４３　「死すべき運命の者は、もはやもう一人として残っていませんでした」原文は、niemen dâ mêre vant, die dâ sterben solden. = Da waren alle tot, die sterben mußten.（ハインツレ訳）。原文は、niemen man dâ mêre vant, die dâ sterben solden. = Niemanden fand man dort mehr, der dort sterben sollte:（リーネルト訳）。ここの表現に、『ニーベルンゲンの歌』と通じる「運命としての死」を見てとることができる。
・４０２８－４０５０　『ニーベルンゲンの歌』では、いわゆる「ルーモルトの勧め」〔詩節１４６５－１４６９〕の中でハゲネを庇ったルーモルトまでもが、一方的にハゲネを非難している。
・４０３８　「彼ら〔ご主君方〕はそのために殺されることになろう」daz man si dar umbe slüege,　si = sie = them にハゲネも含めて、「彼ら〔ご主君方とハゲネ〕は」の解釈も成り立とう。
・４０５１－４０５５　ここにも女性蔑視の視点が見てとれる。『ニーベルンゲンの歌』では、クリエムヒルトの侮辱はプリュンヒルトにとっては「女性の名誉」、即ち、彼女のレゾンデートルに関わる一大事であった。侮辱された王妃プリュンヒルトの姿を見て、ハゲネは復讐を決意する。

・4075　「私の勧告」mîn rât『ニーベルンゲンの歌』の「ルーモルトの勧め」〔詩節1465–1469〕に当たる。

・4118–4144　ディエトリーヒらが去ることを知って、エッツェル王は、最後の支えを失い、絶望の底へ突き落とされて、一挙に崩れ、正気を失ってしまう。彼らのまことtriuwen〔4122〕に訴えるが、一蹴される。

・4183–4206　ディエトリーヒらに旅立たれ、正気を失い、廃人同様となったエッツェル王は、すべての人に見捨てられる。

・4212　「彼の血縁者たちのいる」辺境伯夫人ゴテリントとディエトリントのこと。

・4273–4275　「もしわしになおしばらくの生が許されるなら、わしはそなたをある男子に妻として与えるつもりだ。その男子は、そなたと緒に、そなたの所領の地を治めることになろう」この言葉は、ディエトリントは、他の領国へ嫁するのではなく、入り婿を迎えて、父譲りの辺境伯領を統治し続けることを、意味している。再建の明るい未来が約束される。

・4275　「治める」の原語bûwen, bouwenは「耕す・住む」の意。意訳する。

・4296　「彼の甥たちのために」durh liebe der neven sîn は、本来ならdurh liebe der neven unt niftel sîn と、niftel〔姪、クリエムヒルト〕も書き添えるのが、司教ピルグリームの本意であったろうが、詩形の制約のため、「姪」を落とさざるを得なかった、と訳者は推測する。

・4323–4360　「エッツェル王の行方」についての叙述は、本来なら、4294行の直後、つまり、エピローグの直前に、位置すべきである。写本Cではそうなっている。なお、このくだりは、エッツェル王を小馬鹿にしたようなふざけた描写となっている。このため、写本Bは末尾での追記に回したのであろうか。

・4338 「空へ拾い上げられてしまったのか」ze himele ûf erhaben 「天国に召された」の意ではない。

・4344 「何物かが王を手もとへ引き取ってしまったのか」waz in zuo z'im genaeme, 原文でも主語は waz = was, what となっている。

解説

1　書き足しの『哀歌』

『ニーベルンゲンの哀歌』は独立した作品ではない。『ニーベルンゲンの歌』の完全な写本十一本のうちの九本に『哀歌』が書き足されている。『ニーベルンゲンの歌』の三大写本A、B、Cには、それぞれ『哀歌』A、B、Cが付属している。

しかも、前者は長詩型、後者は短詩型、と詩形が違うにもかかわらず、ザンクト・ガレン本（写本B）では視覚上差異が目立たないように工夫が施されて、『哀歌』はこっそりと本体の『ニーベルンゲンの歌』に接続されている。たとえば、『ニーベルンゲンの歌』の第三十八歌章、最終の第三十九歌章、および『哀歌』の始まり、それぞれの出だしは、まったく同じで、カラフルな飾り文字の一スペルで書き始められている。後世の人であろうか、『哀歌』の出だしにDiu Chlageと書き込んでいる。これが、『哀歌』の始まりが視覚上分かりにくかったことの何よりの証拠である。

「ニーベルンゲン物語 Nibelungenbuch」と名づけられるべき写本は、『ニーベルンゲンの歌』が四分の三強、『哀歌』が四分の一弱の分量から成り立っている。『ニーベルンゲンの歌』と『哀歌』は切り離せない一体なのである。単独の『哀歌』がないように、単独の『ニーベルンゲンの歌』も存在しない。『哀歌』だけの断片写本GとPは本来接続していた本体を失くしたものであり、単独の『ニーベルンゲンの歌』の写本、kとnの二つは、いずれも十五世紀に成立したものである。

2　『哀歌』の詩人の基本的スタンス

『哀歌』の詩人は、常に本体の『ニーベルンゲンの歌』を意識して、筆を進めている。本体を聴き終えた、ないしは、読み終えた受容者に対して、あの破局的惨禍の真実は実はこうなのだ、と説得して自説に引き込もうとしている。『哀歌』は文学的価値が劣るとみなされて、本体から切り離され、日の目を見る機会は極めて少なかったが、『哀歌』の詩人は、もともと文学作品を物する意図など持っていず、修史編纂の姿勢で、本体をキリスト教の倫理観で解釈することを目指している。

この姿勢は、先ず、非現実的な話題を取り上げない点に見てとれる。竜殺し、隠れ蓑、水の精、小人は無視される。荒唐無稽なメールヒェンは史実にならない。詩人は、次いで、人情の機微に触れる話柄は等閑に付している。女の誉れを賭けて言い争う二人の王妃も、水の精の予言に一喜一憂するハゲネも、忠誠と情誼のディレンマに天を仰ぐリュエデゲールも、そのリュエデゲールに盾を乞うハゲネの慧眼も、その他もろもろ、文学的興趣の高まるところに筆を染めることを避け、冷静沈着な記述に専念する姿勢を示す。

この書記的な執筆態度は、エッツェル王のキリスト教帰依の期間が五年であったとか、リュエデゲールによるディエトリーヒの助命が十二年前のことであったとか、ともかく具体的な数字を随所に挙げ精確な史実を示そうとする点に、また、話の流れが淀むのも意に介さず、ヘルヒェ妃養育の諸侯令嬢の名をいちいち明記したり、フン族の国を立ち去るヘルラート妃の乗馬の鞍について詳述したりする点などに見てとれる。

依拠した原典は、パッサウの司教の指示を受けて、目撃者らの証言をもとに、しかも公式のラテン語で、事件を記録したものであると、『哀歌』の出典の正当性が強調され、権威づけがなされる。『哀歌』には確たる典拠があり、不確定な民間伝承には基づいていない、とくりかえし強調される。

『ニーベルンゲンの歌』の事件の「語り手」として登場する『哀歌』の詩人は、事件を語り直すなかで、独自に事件を解釈し人物を価値づけする。更に、詩人は「語り手」の領分に留まらず登場人物に乗りうつって事件を解釈し人物を価値づけする。ヒルデブラントにブルグントの人々を傲慢と断定させ、ルーモルトに王妃らのいがみ合いを愚かなことと一蹴させる。詩人は姿を変えて縦横に裁断を下す。

3 『哀歌』が書き足された二つの理由

五万に余る戦死者たちが収容もされず埋葬もされぬまま突然終幕を告げる『ニーベルンゲンの歌』は、感激の衝撃から覚めた受容者に、当然あるべきものがないという物足りなさを与えずにはおかない。『イリアス』はヘクトールの葬儀の場面で終わり、『若きウェルテルの悩み』は「職人たちが棺をかついだ。僧侶はひとりもつきそわなかった」で締めくくられているように、受容者は弔いの場面と言葉を予期するが、『ニーベルンゲンの歌』の詩人は、意識して、これを省いている。

言わば、リーネルトが Max Wehrli の説を引いて指摘しているように〔Elisabeth Lienert: DIE NIBELUNGENKLAGE S. 35〕、この英雄叙事詩の前編の「ジーフリトが愛惜、埋葬されたこと」の歌章に相当する部分を補おうとしたのが、『哀歌』である。人の死は収容・哀悼・ミサ・埋葬をもって完結する。この最終の儀式をもって、人々の胸の空虚さは満たされる。これを満たすために『哀歌』は書き足された。

二つ目の理由は、これが本命であるが、『ニーベルンゲンの歌』本体の激越さを和らげて、キリスト教全盛の中世にこれを受容させるためである。キリスト教倫理に貫かれた『哀歌』が添えられることによって、本体は、その非キリスト教性が中和され、ようやく世に受け入れられる叙事詩となる。『ニーベルンゲンの歌』は決して反キリスト教的ではないが、『トリスタン』や『パルチヴァール』に比べ、そのキリスト教性はあまりにも皮相に留まっている。

勇士としての誉れを求めて戦う男たち、女性としての誉れを失うまいと争う女たち、彼らは、一方では愛し、信頼し、まことを尽くすが、また一方では物欲を隠さず、陰謀を企み、裏切り、殺害し、栄華を極めんとする。血縁社会の中で生命を全開させ奔放なまでに誉れを求めて生きる彼らが、やがては、あらかじめ定められた軌道をまるでなぞるかのごとく、滅亡していく。全知全能の神の存在を知らぬかのように、彼らは、生の根元的な本能に駆られて行動する。これが『ニーベルンゲンの歌』の世界である。

言わば、この野生児にキリスト教の法衣を着せ掛けて、中世の世にデビューさせる役割を担ったのが、書き足された『哀歌』である。これは訳者独自の解釈である。所属ジャンルが定まらないのもこの特異性のためである。

4 『哀歌』の基本構想

執筆の動機を再説する。ようやく出来上がった『ニーベルンゲンの歌』を見て、パトロンとその周辺は一驚した。愛憎渦巻く血縁社会の虚偽と真実に、また、誉れと屈辱と雪辱の終わりのない復讐に、また、その復讐の意志の徹底性に、また、人物の多層性と複雑さに、更にまた、予示に操られるように、生気みなぎる生命が破滅していく運命性に、要するに、英雄叙事詩の世界を超えて実社会の実相が活写されていることに、人々は感激し、そして驚いた。感激から覚めた後、人々は、反キリスト教的ではないけれども、キリスト教を表層に留めて、天を仰がぬ勇士たちの行動とその悲惨な結末に、当時の世相から遥か遠く隔たったものを感じ、これを恐れ、感激を薄める作業に取り掛かった。

『哀歌』の基本構想は何か。あの惨禍は、避けられ得た歴史上の一事件であり、棄教のエッツェル王への神罰であり、強欲のブルグント人への神の怒りである。元凶はハゲネであり、クリエムヒルトは天国へ召される。異教徒の国は滅びてゆくが、キリスト教の国々には再興の希望の光が射し込む。

基本構想を詳述する。『哀歌』の詩人の観点に副えば、ブルグント勢・フン族全滅のあの惨禍は避けることができた。あれは人為的過誤に原因がある。機械的・運命的に必定の大事件ではない。ハゲネのジーフリト謀殺、ブルグント勢のニーベルンゲン財宝の強奪、彼らの傲慢さと強欲が招いた人災である。彼らには天の怒りがくだされた。また、キリスト教棄教のエッツェル王にとっては、あのカタストロフィーは天罰である。『哀歌』の詩人の解釈に拠れば、クリエムヒルトは、あの惨禍を企てた当の本人ではあるが、それでも無実である。前夫ジーフリトへのまこと、この一心から事を起こしたクリエムヒルトなのだから、彼女は天国へ迎え入れられるのである。動機がまことだから、彼女はすべての所業が許されるのである。咎もなく、いわれもなく、彼女を一刀のもとに殺害したヒルデブラントすら、彼女の亡骸を前に涙するのである。

一方、ハゲネこそあの惨禍の元凶である。『ニーベルンゲンの歌』では彼の仇をクリエムヒルトに対して討ってくれたヒルデブラントすら、ハゲネの亡骸に「事をすべて謀ったあの悪鬼（der vâlant 1250）」と罵りの言葉を吐く。ハゲネ一人が悪者なのである。ハゲネ一人にすべての罪を負わせて、敵であったはずのブルグントの三兄弟王と彼らの臣下たちが、生き残ったエッツェル、ディエトリーヒ、ヒルデブラント等から、その死を悼まれる。水の精の予言に決死の覚悟を固めるハゲネも、また、ディレンマの辺境伯リュエデゲールの胸中を察して盾を所望する慧眼のハゲネも、『哀歌』では無視されている。予示された運命に逆らってでも帰還の意志を貫徹せんとする立体的なハゲネ像はすべて捨て去られ、ただ一人の元凶としての薄っぺらなハゲネ像が描かれる。

『哀歌』の詩人の構想に従えば、キリスト教徒には建設的な希望の未来がある。一方、背教のエッツェル王とフン族の国の消滅が暗示される。リュエデゲールの娘ディエトリントには、戦死したギーゼルヘルの代わりの婚約者が、ディエトリーヒによって与えられることになり、辺境伯領は独立した国としての将来が約束される。ブルグント国は、ジンドルトやルーモルト等の忠臣が盛り立てて、グンテルの息子を騎士に叙し、戴冠させ、新しい国王のもと、国家再建の磐石の礎が築かれる。亡命のディエトリーヒ王は、老将ヒルデブラントと婚約者ヘルラートを引き連れて、フン族の宮廷を去り、故国の再興の帰途につく。こうして『哀歌』の詩人は三つの希望の灯をともす。一方、ディエトリーヒに見捨てられたエッツェル王は、絶望の底に突き落とされ、王権をふるう気力をすっかり失い、杳《よう》として行方が知れない。既に王子も弟王も殺されたフン族の国には、王位の継承者はなく、再生の光は一筋すら射し込んでこない。

5　クリエムヒルト、その弁護のされ方

クリエムヒルトの行動は、その動機が「まこと」に発しているから、容認される。『哀歌』では、「まこと」の言葉は、封建主従に関しても用いられるが、前夫ジーフリトへの愛情に関しては、特別に重く深い意味を込めて、用いられる。

彼女は、いわれもなく意味もなく、殺されるのである。ヒルデブラントが彼女を殺す事実は書かれているが、その理由づけはなされない。女だてらに剣を振り下ろした女に対する、武人としての仇討ちについては、一言も言及されない。更に、エッツェル王をはじめとして全員が彼女の死を悼み嘆く。彼女を打ち殺したヒルデブラントすら涙する。

復讐の鬼と化した彼女の冷酷非情さは一切省かれる。エッツェル王との再婚は、事実が述べられるだけで、復讐遂行のための方便であることは、隠される。彼女が、夫エッツェルを復讐戦に誘い入れるために息子オルトリエプを宴席に連れて来させる場面もなければ、また、ブルグント勢のたてこもる館に火を放たせる場面もなく、殺させた実兄グンテルの首級《しゆきゆう》を縄目のハゲネに突きつける場面もない。

詩人は、クリエムヒルトを庇いたい一心から、「妃は、これら賞賛すべき二人の武者の命を取らせたのです」〔3938–3939〕と、意識的に誤記している場面もある。確かに、実兄グンテルは部下に殺させるが、仇敵ハゲネは自らの手で殺す。この事実をさりげなく隠す、クリエムヒルト免罪をにおわす表現となっている。

女性蔑視「女は分別の点で男に劣る」という世の風潮まで援用して、彼女は弁護される。本来思慮分別の劣る女の一人なのだから、彼女の先を読まない浅薄な行動は許されるのだ、という論法まで持ち出される。あらゆる手段

を使って、詩人はクリエムヒルトの免罪に努める。

しかしながら、あの惨禍のきっかけは彼女の雪辱の一念である。二十六年の宿怨を晴らすために、エッツェル王と再婚し、本心を偽って、親族ブルグントの兄弟とその臣下らを招待させ、ブレーデルを唆して戦闘の火蓋を切らせたのは、クリエムヒルト本人である。この事実は覆い隠しようがない。彼女の冷酷非情さを隠し、彼女の免罪に努める詩人も、彼女がそのきっかけをつくったことを、率直に認めて、「人々は怒りから、こうなったのもハゲネのせいなのだ、と語りました。〔だが、〕ハゲネは、だれの好意も撥ねつけるような行為は何一つしなかったでしょうに、もし王妃クリエムヒルトがブレーデルにハゲネの弟ダンクワルトを殺すようにと命じるあの一事をなしていなかったならば。そうすれば、あのようなことはすべて何一つなされなかったでありましょう」〔1300–1308〕とまで言い切っている。これでは、元凶はハゲネではなく、クリエムヒルトということになってしまう。この他、彼女を責める言辞が散りばめられている。例えば、「クリエムヒルトの口に発した計略」〔250–251〕、「一人の女の怒りのために」〔319〕、「この苦しみとこの痛みを引き起こしたのは、彼女自身の口でありました」〔510–511〕、「彼女一人の企てのために」〔554〕、「そのようなことをなさったのは、まさしく、王妃その人でありました」〔3194–3195〕、「エッツェルの宮廷がそのような苦しみの中で滅んでいったとは、私の姪のクリエムヒルトは、なんとまずいやり方で、兄とその武人たちを、迎えたことよ」〔3408–3410〕等々。

どうしてこのような免責と譴責のアンビバレントな論述となっているのであろうか。それは詩人の観点にある。つまり、あの惨禍は避けられた、あの惨禍は人為的過誤の結果である、この結論を証明するためには、その過誤を列挙しなければならない。そのため必然的に詩人は、事件の主要人物であるクリエムヒルトの負の言動をも列挙せざるを得ないのである。

ところが、一見、公平な論述態度に見えるけれども、それはうわべだけのことであって、彼女の人為的過誤はすべて、畢竟、「ジーフリトへのまこと」がその動機となっている、拠って過誤は容認され、彼女は天国へ召されるのである。これは、なぜヒルデブラントが彼女を殺したのか、その理由に目をつぶった、詩人のいささか強引な論法で、牽強付会の感が否めない。

6　ハゲネ、一切の同情を拒絶される元凶、その罪過の負わされ方

弟のダンクワルトさえその勇敢さが称えられ、その死が悼まれるのに、ハゲネの亡骸にはだれ一人として涙する者はいない。クリエムヒルトに対してハゲネの仇を討ってくれたヒルデブラントすら、「さあ、ご覧ください、事をすべて謀ったあの悪鬼（der vâlant）が、ここに、死んで横たわっていますぜ！」〔1249-1251〕と彼の亡骸に罵りの言葉を吐いている。フン族側と戦って討ち死にした全戦士のうち、彼一人だけが悪鬼に仕立てられる。詩人は、彼一人にすべての責任を押し付け、エッツェル王をして、彼に再起不能の甚大な損失をもたらした敵方のブルグントの三兄弟王とその家臣たちの死を、哀悼させるのである。

ブルグント勢全滅の悲報を伝え聞いたヴォルムスの宮廷の重臣たちのうち、だれ一人として、ハゲネを誉め、その死を悼む者はいない。それどころか、『ニーベルンゲンの歌』でハゲネを弁護したあのルーモルトすら、「私は私のご主君方を、ただただハゲネの傲慢のために、失ってしまいました。傲慢というものは、しばしば、大きな損失を引き起こします。ひどい不実の心からハゲネがクリエムヒルト様からその夫を奪い、また彼女の財宝を強奪したとき」〔4030-4035〕とか、「ハゲネは、常々いわれもなく、彼女にその咎はないのに、彼女の受けた損失に加えて更に、様々な侮辱を加えました。まっとうに考えれば、ハゲネはあのようなことは一切すべきではなかったのです。と言うのも、ハゲネはあまりにもずうずうしくあのような振る舞いをしたからです。だから、私はそのことで彼女を非難するつもりはありません。彼女の夫のジーフリトが、ハゲネを苦しめるために、何をしたと言うの

でありましょうか。あの武人は罪もなく殺されたのです。そのことを私は後でしっかりと聞きました」〔４０４０–４０５０〕とか、続けざまに、ハゲネの傲慢 übermuot と不実 untriuwe を、口を極めて罵倒している。ハゲネには一片の同情も寄せられない。

　更にまた、『哀歌』の詩人は、他の勇士を誉め、ハゲネを無視することによって、彼の存在意義を薄める、という、不注意な受容者なら気づかない巧妙な手口を用いている。例えば、詩人が積極的には評価しない武勇の点ではあるが、「トロネゲのハゲネが猛烈に怒り狂った、と人々は言っていますが、けれども広間の中では堂々たる戦士のダンクワルトが、ハゲネを四人集めたよりも多く、彼らを討ったのでした」〔１４１８–１４２２〕と、弟のダンクワルトを上に置いている。更に、ギーゼルヘルと辺境伯令嬢ディエトリントとの婚約を勧めるのは、『ニーベルンゲンの歌』ではハゲネであるが〔詩節１６７７–１６７８〕、『哀歌』ではフォルケールとなっていて〔１８１０–１８１１〕、ハゲネは重要な役割から外されている。

　『ニーベルンゲンの歌』で縦横に展開されるハゲネのポジティヴな活躍は、一切、打ち捨てられる。ハゲネは、臆病者と罵られ、武士の一分をまもるため、クリエムヒルトの招待を偽りと知りながらも受け入れる。行くにつけては、クリエムヒルトの復讐は必至と見て、エッツェル王の使者の帰還を遅らせ、生還のための軍勢を整える。ドナウ河の水の精の予言に、一瞬動じたあと、死すべき運命への挑戦を決意する。ドナウを渡り、船を叩き壊したあとは、ブルグント勢の大黒柱となり、生還を期して運命への挑発を続ける。ベヒェラーレンでは、辺境伯令嬢とギーゼルヘルとの婚約の話を真っ先に提案し、辺境伯リュエデゲールを味方に引き入れる。エッツェルの居城に到着の後は、運命の決戦の秋《とき》が早く到来するようにと、クリエムヒルトを挑発し続け、自ら事態の険悪化を図る。クリエムヒルトに唆された弟王ブレーデルに騎士見習い九千人が殺された、との報を聞くや、ハゲネは、その復讐として、エッツェル王の王子オルトリエプの首を刎ね、友好と善意のエッツェル王さえ敵にまわしてしまう。エッツェル王夫妻への忠誠と縁戚のブルグント勢に対する情誼との間で板ばさみとなった辺境伯リュエデゲールの真情を真っ先に汲み取り、彼に盾の贈与という友好の行為を演出せしめたのは、ハゲネであった。盾を譲り受けたハゲネは、無二の戦友フォルケールとともに、辺境伯に不戦を誓う。生還を賭けた最後の戦いで、ディエトリーヒに敗れ、縄目を受け、クリエムヒルトに引き渡されたハゲネは、ニーベルンゲンの財宝の在りかの白状と引き換えにヴォルムスへ生還させてやろう、という彼女の偽りの誘いを、主君グンテルの斬首を承知の上で、きっぱりと撥ね退け、武人としての誉れを守り切って、彼女にジーフリト形見の剣バルムンクで報復される。『哀歌』の詩人は、このような重層的なハゲネ像を押し隠して表に出そうとしない。

エッツェル王がハゲネの亡骸を主君グンテルらの遺体の傍へ運ばせるのが〔1283-1287〕、せめてもの救いである。

7　エッツェル王、善意と棄教と失意と廃人

『ニーベルンゲンの歌』のエッツェル王は、後添えの王妃クリエムヒルトの親族ブルグント一族に全面的な信頼を寄せていたが、謀殺された前夫ジーフリトへのまことを貫くための妻の復讐戦に利用され、巻き込まれる。妻は自分の二十六年の怨念を晴らすために戦いを惹き起こすが、夫の彼は、ジーフリトの仇を討つためではなく、妻の復讐戦の過程で殺された自分の親族・家臣の復讐のために戦う。彼は、彼には何の咎もないのに、寵愛の王子も弟も家臣もすべて殺される。彼は、妻の陰謀も知らず、ブルグント勢の対抗の用意も知らず、ひたすら両国の親交を願って招待する善意の王であったにもかかわらず、いわばブルグント一族の内紛に引き込まれて、人生のすべてを失う一方的な被害者となる。彼は、裏切りも猜疑心も、怨念も復讐も、強欲も吝嗇も知らぬ善良の王である。

『哀歌』のエッツェル王は、善意の度合いを更に深め、底抜けの善意の人と形容してもいいほどに、底意を隠して

祝宴を企てた妻クリエムヒルトを庇い、敵であるはずの彼女の三兄弟の死を嘆く。「もしわしが、妻の高貴な身に備わるまったきまことを、はっきりと知っていたならば、妻を失うくらいなら、むしろ、わしは妻を引き連れて、わが領国全土を打ち捨て、立ち去っていたろうに。妻以上に誠実な女性は、決して二度と、いかなる母からも生れることはなかった。ああ、痛ましいかな、高貴な王侯たちよ、グンテルにその弟たちよ」〔830-837〕と、エッツェル王が口にする「まこと」とは、畢竟するに、前夫ジーフリトへのまことである。そのようなまことを尽くす妻を救うためなら、領国すべてを失っても構わぬ、と言うエッツェルは、一体、夫としてまた覇権をにぎる国の王として、どのような足場に立っているのであろうか。クリエムヒルトのすべての行為が許される唯一の根拠となる「まこと」を強調したいためであろうが、詩人は、エッツェルに極端な言辞をしゃべらせている。

善意のエッツェルといえども、敵方のハゲネ、フォルケール、ダンクワルト三者の亡骸に涙を流すことまではしないが、妻クリエムヒルトの三兄弟王とその家臣たちに対する彼の態度は、敵意を含まない信頼に満ちたものである。彼は、ブルグント勢を攻めた弟ブレーデルを咎める一方で、自己防衛に立たざるを得なかった、とグンテルらを弁護する。彼は、首を切り落とされた無残な姿のグンテルに、「ああ、わが親しい義兄よ、わしなら、そなたを健やかな姿のまま、ラインの国もとへ送り返したろうに！」〔1141-1143〕と嘆く。彼は、ゲールノートの亡骸を前にして、息子とブルグント三兄弟王との相互の信頼関係の形成の未来とその挫折を嘆く〔1889-1907〕。弟ブレーデルを殺したのはダンクワルトであり、息子オルトリエプの首を刎ねたのはハゲネであり、こうしてエッツェル王は王系の後継者を絶たれたのではあるが、フン族側の四万余りの軍勢の大部分を死に追いやったのは、ほかならぬブルグントの三兄弟王、及び、ダンクワルトとハゲネも含む彼らの家臣たちである。これをエッツェルは憎しみの対象とはしない。

エッツェル王は、妻クリエムヒルトの復讐の企てを事前に知らされていたら、自分はこの度の大惨事を防いだであろうに、と幾度も悔やむが、フン族全滅の最終的な原因は自分のキリスト教棄教が招いた神罰〔der gotes slac 954〕であり、五年間キリスト教徒であったが、マホメットなど邪教の神々にまどわされて、全知全能の神を畏れなかった自分は、もはや二度と神の御手に救われる望みはなく、一日も生きたくはない、と絶望する。親族・家臣すべてを、いな、生きていく気力を失ったエッツェル王の未来のない姿を、詩人は、キリスト教倫理に副って、詳細に〔948–1007〕描いている。女々しく嘆くばかりで男らしく奮起しないエッツェル王を責めるディエトリーヒに対して、エッツェルは、神の憎悪〔der gotes haz 1035〕がこのわしを敵意を込めて打ちのめしてしまったのじゃ、と応じる。神の光が射さなくなった王は、キリスト教の神の手に再度救われるという望みを失った王は、精神的に完全に打ちのめされ、王権をふるって王国再興の指揮をとる気概もなく、へなへなとくずおれ、ひたすら死を願い、滅びの道を転がっていく。

心の拠り所とするキリスト教の神に見放されたエッツェル王の周辺にいるのは、今や、戦死した親戚・知友を探して、まるで市場の出店の間を物色しながら流れ歩くかのような、近郷からの烏合の衆であり、武具のはずし方も知らぬ男たちだけである。城館の内と外に累々と横たわる数万の戦死者の収容・弔いのミサ・埋葬の指揮を積極的にとるのは、おもに、亡命の身のディエトリーヒと彼の老将ヒルデブラントである。武具の収容と使者派遣の進言をするのも、この両人である。エッツェル王は、進言を受けて受動的に行動するのみである。

ディエトリーヒは幾度となく、打ち嘆くエッツェル王を、王らしく決然たる行動をとれ、と諌める。「王よ、あなた様は、実際、あなた様の領国に勇士たちをきちんと配置することができるのですよ〔2448–2449〕。だってあなた様は、私ども二人を、私とヒルデブラントを、国もとのあなた様のお傍に、擁していらっしゃるではありませんか〔2452–2453〕」と再起を促すディエトリーヒを、「それが何の役に立とうか」〔2455〕と王は突っぱねる。王に再起の気力はもはやない。遂にディエトリーヒも王を見限る。ここに至って、十二年以上の間世話になった王を見捨てる。エッツェル王の無気力を確認して気弱になったところを腹心ヒルデブラントにつかれて、ディエトリーヒは出国を決意する〔2496―2514〕。

これがキリスト教の神に見捨てられた絶望のエッツェル王にとどめを刺した。彼らディエトリーヒ一行が主人エッツェルに対していとま乞いを告げたとき、一行がまだ宮廷の外へ出ないうちに、エッツェル王は死んだかのようにくずおれてしまった。この別れの惨めさが彼に大変な苦しみを与えたため、彼は正気を保てず、意識は朦朧となり、気絶して横たわってしまった〔4183―4189〕。彼は、ここにもおらず、あちらにもおらず、彼は死んでもいなければ、生きてもいなかった〔4196―4197〕。彼がかつていかに強大な権力を振るったとはいえ、今や彼は、ただ一人横たわるままに放っておかれ、だれ一人として彼のことを気に留めない、そのような状態となってしまった〔4200―4203〕。エッツェル王は、ディエトリーヒに見限られて、肉体的に完全に打ちのめされた。

なるほど、異教の国の衰亡とキリスト教国の再興は詩人の基本構想であり、この路線を最後まで突き進む以外には方策ないのであるが、しかし、エッツェルには何の咎もないのに妻の復讐戦に一方的に巻き込まれて、親族・家臣のすべてを失い、しかも敵方のブルグント勢を弁護する、善意の化身のようなエッツェル王が、棄教を理由に、神の憎悪と神罰を受けて廃人となる、という設定は、論理の詰めが粗く、教条的過ぎる。それとも、棄教とはそれほどに罪深いことなのである、と理解すべきなのであろうか。

神罰を受けた棄教の王の哀れな末路に、『哀歌』（写本B）の詩人は、数十行にもおよぶ行方不明の顚末を、本編が終わったあとで、書き添えている〔4323―4360〕。なぜザンクト・ガレン本（写本B）の詩人は、この顚末を本編の枠外に移したのであろうか。それは顚末記が、揶揄ともふざけともとれる、悲惨なエッツェル王を更に小馬鹿にしたような内容となっているからではないだろうか。この顚末記には善意のエッツェル王に対する配慮と同情が一切ない。『哀歌』は、滅びゆくエッツェル王の哀れさを綿々と語っているのに。

8　ディエトリーヒ、クリエムヒルトへの同情、故国への帰還

『ニーベルンゲンの歌』のディエトリーヒは、招待に応じてやってきたブルグント勢にクリエムヒルトの嘆きの現状を伝えて警告を与え、警告を咎められると、鬼女 vâlandinne と彼女を罵倒する。復讐の応援を持ちかけられると、理を尽くして丁重にこれを拒絶する〔詩節1901–1902〕。彼女の復讐の権利は認めながらも、彼は復讐戦から距離をおき、中立を保つ。最後に彼は、クリエムヒルトを成敗する彼の重臣ヒルデブラントを容認し、これを阻止しない。

一方、『哀歌』のディエトリーヒは、クリエムヒルトの早すぎる死を悼む。彼は、彼女の美貌と度量の広さを称え、自分の最良の一族全員が彼女の企みゆえに奪われてしまったけれども、これも前夫ジーフリトへの彼女のまことtriuwe に発したことだから、その償いをさせる気などない、と彼女に同情を寄せている。そして、ディエトリーヒはクリエムヒルトの首を彼女の体のところ運んでいく〔796–797〕。『哀歌』では対立するディエトリーヒ像は描かれない。これもクリエムヒルトの印象をよくするのに役立っている。

次に、亡命のディエトリーヒが故国へ帰還する話は、『哀歌』で物語られる範囲内で判断するかぎり、物語の筋の展開から浮き上がっている。彼は、戦死した家臣の亡骸に接する度に帰還の不可能を嘆じている。例えば、「かの地で私を助けてくれるはずの、そして再び私をあの栄光へと連れ戻したいと望んでいた家臣たちが、みな、討ち取られて死んでしまいました」〔1046–1049〕と彼はエッツェル王へ嘆いている。更に、「ああ、見捨てられたこのよそ者の身の哀れなことよ」、そこでこのベルネ人が言いました、「わしは死んでしまえばよかったのだ！　神様もそうなさった方がまっとうでありましたろうに。哀れな男のこのわしは、なんと多くの家臣を失ってしまったことよ！　神も哀れみ給え！」〔1506–1511〕と、彼は重臣ジゲスタップ公の亡骸を前にわが身を憐れんでいる。更にまた、「わしがかつて生を受けたことこそ哀れよ！　わしの助力者たちはわしから、すっかり、奪い取られてしま

った！　亡命者のわしは一体どこへ行けばいいと言うのだ」（1700―1702）と、彼は、向こう見ずな若者ではあるが、彼が一番愛していた家臣ウォルフハルトの壮絶な死を遂げた遺体を目にして、悲嘆の声をあげ、続けて彼は、「わしの希望はすべてここで終わりとなってしまった。わしの長い亡命生活の惨めさはいよいよ深まってしまった。あの日こそ忌まわしいことよ！　わしがかつてベルネを立ち去ったあの日こそ！　わが親族の者たちにわが家臣たちよ、お前たちは喜んでわしとともに歩んでくれた。わしになさねばならぬことがあるときには、それが何であれ、お前たちはみな一緒になってわしを助けてくれた。今やわしは天涯孤独の身となってしまった」（1740―1750）と、絶望の際に立っている。

家臣六百名が健在であった時ですら思い至らなかった帰国の旅が、孤独の今になって突然思い出され、老いたる武の師ヒルデブラントと婚約者ヘルラートといくらかの財を負った馬一頭を引き連れて、敢行される。

祖国帰還敢行の消極的理由は、エッツェル王の失意と王権放棄である。ディエトリーヒは、フン族の国再興の気概をすっかり失ってしまったエッツェル王にはもうこれ以上頼れない。積極的理由は二つ、婚約者ヘルラートへまこと triuwe を、その内容は明示されないが、尽くしたい、更に、男子は家臣を擁してこそ将である、今は一人の家臣もいない、この現状をなんとかしたい。これだけである。

この挙をひそかに待って伏していた支援者たちが、途中、合流してくる、というのであろうか。婚約者ヘルラートの財で兵を募ろうというのであろうか。成功おぼつかない無謀な企てである。

それでも詩人がこの旅立ちを設定した理由は三つある。いくら励ましても再興の気力を奮い起こさない、キリスト教の神に見捨てられたエッツェル王に、破滅のとどめを刺す場面を設定すること。二つ目は、キリスト教の辺境伯領に再起の光をともすこと、三つ目は、自身キリスト教徒であるディエトリーヒが祖国復興への壮途につく姿を示すことにある。

実利的に見れば、ディエトリーヒらはフン族の地に留まり、形だけでもエッツェル王を担ぎ上げてフン族の国の国力を再興し、その国威を後押しにして帰国の途についた方が成功の見通しは明るいであろうが、そのような筋の展開は、詩人の『哀歌』の構想の基本を崩すので、詩人は、強引に、ディエトリーヒらを旅立たせる。旅立ちそのものが明るい未来への第一歩だからである。

ただ、ディエトリーヒの旅立ちは、家臣六百名を伴う十二年以上の亡命生活を支援してくれたエッツェル王に対して、情を欠いているという非難は当たらない。彼の旅立ちはエッツェルに対して非情ではない。ディエトリーヒはエッツェル王を叱咤激励してフン族の国の再建の可能性を力説するが、肝心のエッツェルがこれに応じない、また、応じられない。彼は、誠心誠意、尽くす手はすべて尽くした上で、エッツェル王を見限るのである。

以上は、『哀歌』の詩人が、ディエトリーヒらの祖国帰還の時を、あの惨禍の直後に、フン族の国は滅び、ディエトリーヒは全家臣を失い、旅立つには最悪の状況下に、設定したことについての考察である。

しかし、広く知られている「ディエトリーヒ伝説」では、旅立ちの時はいつであれ、ディエトリーヒらは亡命先のフン族の国から祖国に帰還するのである。その一端をうかがわせる話が、九世紀ごろに成立したと考えられる、古高ドイツ語の『ヒルデブラントの歌 Hildebrandslied』にある。わずか六十八行の断片に、父ヒルデブラントが息子と一騎打ちをせざるを得なくなる悲劇が活写されている。亡命して三十年、場所は祖国の国境である。二人の背後にはそれぞれの軍勢が控えている。父はフン族の王からいただいた黄金の腕輪を自らの腕からはずして、友好のしるしに差し出すが、父は死んだと信じ込んでいる息子はこれを突っ返し、下心ある老いぼれのフン人め、と罵る。

この断片から推測できることは、亡命期間が十二年余りではなく三十年であること、廃人同様のエッツェル王を見限って旅立ったのではなく、黄金の腕輪を贈ることができるほどに権勢揺るぎないエッツェル王のもとからの旅立ちであったたこと、臣下六百名は殺されたのではなく、父子の決闘の背後に控える軍勢として健在であること、この三点である。『哀歌』の場合とは随分と異なる。

「ディエトリーヒ伝説」に通じていた当時の受容者は、ディエトリーヒが、遅かれ早かれ、ヴェローナへ帰還する話は、知っていた。だから、『哀歌』の詩人の旅立ちの設定を、無理なこしらえとは感じつつも、『ヒルデブラントの歌』に描かれているような、まったく異なる状況を、同時に、思い浮かべて、例の「ディエトリーヒ帰還」の話がはじまったわい、と受け止めたことであろう。

9　ピルグリーム、ブルグント国再興の理念を示す司教

ブルグント国の三兄弟王とクリエムヒルトの伯父である、パッサウの司教ピルグリームは、ヴォルムスへ向かうエッツェルの使者のスウェメルを通じて、ブルグント国再興の理念と実利的な指示を伝言する。プリュンヒルトには、死者は還らぬ、嘆きはほどほどにせよ、と。グンテルの家臣たちには、王子を盛りたて、世襲の領国を再建すべく、彼が彼らに与えてきた誉れに返礼せよ、と。これは要するに、封建主従間のまことと triuwe をこそ再起の礎とせよ、との理念を与えたことになる。このことづてを使者は、「司教様は、およそまことの心を保持したいと願うすべての王の家臣たちに、彼らがあなた様とあなた様の幼いご子息を彼らの庇護の下に引き取るように、と要請しておられます」〔3645–3648〕と、正確に伝える。これに応えるように、ブルグント国では、先ず献酌侍臣のジンドルトと重臣たちが王子の騎士叙勲と戴冠をプリュンヒルトに進言し、最後に大膳職のルーモルトが、「今は、さあ、われわれの年若い王が冠を戴けるように、事を進めようではないか！」〔4080–4081〕としめくくる。『哀歌』では再建の道筋もキリスト教の司教がつける。

また、最高権威の司教に伝えられた後は、ブルグント勢全滅の悲報は、秘密ではなく、街道筋で洩らされ

ても構わない、という設定になっている。

10　英雄的行為 Heldentum とまこと triuwe, Treue について

『哀歌』の詩人は、『ニーベルンゲンの歌』の詩人と違って、英雄的行為を手放しで評価することはしない。しかし、まったく無視しているわけでもない。アンビバレントな態度をとっている。剣を手に握ったまま、歯を食いしばって死んでいる戦士ウォルフハルトの姿は、死んで硬直した戦士の惨めさと死んでも闘志を失わぬ雄々しさとを、同時に受容者に印象づける。ディエトリーヒは、彼がもたらしてくれた数々の誉れと勝利を称えて、彼の死を哀惜している。

「石のように横たわる」〔1633〕とか、「まるでライオンに食いちぎられた家畜のように」〔2070–2071〕とかの比喩を用いたり、あるいは、市場の出店の間を練り歩いて〔2257〕商品を求めるように親戚の戦士の亡骸を探し回る近郷の人々の姿を、また、戦死したリュエデゲールの遺体を運び出す老将ヒルデブラントがその重さに耐えられず失神するさまを描写したり、『哀歌』の詩人は、戦死者の姿の無残さを強調する。『ニーベルンゲンの歌』では見られなかった表現である。

しかし一方では、詩人は、戦死した武人を追悼する際、怯むことなく誉れを求めて雄々しく戦う戦士の勇姿も書き添えている。例えば、「エッツェル王は、剛勇イーリンクの、また、彼の戦友たちの勇敢さ〔ellen = Tapferkeit, Kühnheit〕を激しく嘆きました」〔1124–1126〕。「彼（ウォルフプラント）は幾多の戦闘の苦境を、実にしばしば、勇敢〔frümeclîch = tapfer〕に生き抜いてきたと言うのに」〔1474–1475〕。「この武人（ウォルフウィーン）には臆病な点〔zageheit = Feigheit〕など一切見られませんでした」〔1536–1537〕。「見れば、彼（ゲールノート）の手にはまだ、血でぬれ赤く染まった剣が、握られていました」〔1878–1879〕。枚挙にいとまがない。武人の死

を悼む際、勇敢さを欠くわけにはいかない。

まこと triuwe についても、詩人は、前夫ジーフリトに尽くすクリエムヒルトのまことを特に強調して、彼女のあらゆる行動を最終的には是認し、彼女を免罪して天国へ昇らせている。そのためその他のまことは影が薄くなっているが、これが無視されているわけではない。特に、主従間のまことは、揺るぎない結束の証しとして称えられ、また、主人を失った辺境伯領とブルグント国の再建の精神的基盤に据えられている。生き残った家臣たちは、今は亡き主君から受けたまことを想い、主君の子女と子息にまことを尽くして、再建を図ることとなる。更にまた、見限って立ち去っていくディエトリーヒらにエッツェル王が求めるまこともある。「王は、ヒルデブラントとディエトリーヒの両人に、まことの心 triuwe を思い起こしてくれ、と求めました」（4122-4123）。これは、家臣六百名を引き連れて亡命してきたディエトリーヒとそれを受け入れたエッツェル王との間で十二年以上にわたって培われてきた心の絆の謂《いい》に外なるまい。「二心を抱かない」まこと triuwe は、心と心を結ぶ絆として、クリエムヒルトの場合以外にも、裏切りのない人間関係の根本の徳となっている。

11　非事実仮定の手法

あの惨禍は起こるべくして起こったとする運命論的な捉え方をする『ニーベルンゲンの歌』の詩人は、運命予示の第四行を多用している。この捉え方に反撥する『哀歌』の詩人は、あの惨禍は人為的過誤に起因し避けられ得た、との見解に立つので、必然的に人為的過誤が、多数、数え上げられることになる。

数え上げ方に二通りある。「もしこうであったならば、あるいは、もしそうでなかったならば」と、現実に起きた事を非現実とする仮定法がその一つである。もう一つは、「この事実こそ嘆かわしい・忌々しい」と、現実に起きた事を悲嘆するやり方である。両方とも事実を非事実とみなす虚構の点では同じである。

エッツェル王は、幾度も、「妻クリエムヒルトの復讐実行の意志を知らされていたならば」と嘆く。先ず、語り手の詩人自身が、「それにしても、こんなことはまったく起こる必要などなかったのです。このことは容易に防ぐことができたでありましょう。もし人がエッツェルに最初に正しい情報を知らせていたならば、王はこのひどい災厄をいとも簡単に防いでしまったでしょうに」〔282–287〕と、『哀歌』の基調の回避論を述べる。同じ趣旨をエッツェル王が繰りかえす「本来ならこうあるべきところなのに！ つまり、事の次第が、実際、わしに、別な風に、伝えられてさえいたならば！ そうなっていれば、わしは、彼らブルグント勢の苦難もわしの苦悶も、すべて、まったく生じさせなかったものを！」〔1114–1117〕、「事情が前もってわしに伝えられておれば、彼らはみな生き延びたであろうに」〔1214–1215〕等々。更に、「ハゲネは、だれの好意も撥ねつけるような行為は何一つしなかったでしょうに、もし王妃クリエムヒルトがブレーデルにハゲネの弟ダンクワルトを殺すようにと命じるあの一事をなしていなかったならば」〔1302–1307〕、「勇士リュエデゲールがこんな贈物をしなかったならば、彼は、もしかしたら、生き延びたのではないでしょうか」〔1874–1875〕等々。

あの惨禍は避けられた、人為的過誤によって引き起こされた、という立場に立つ以上、惨禍へつながる行為がなければ、と仮定するのは、当然の手法であるが、そのような行為がなされた動機が、『哀歌』では見落とされている。エッツェル王に妻クリエムヒルトの復讐実行の実情が伝えられなかったのは、ブルグント勢はその übermuot（『哀歌』では「傲慢」、『ニーベルンゲンの歌』では「矜持」）が強いためであり、クリエムヒルトは王に対してその意図を隠すためである。クリエムヒルトが恩賞を餌にブレーデルを唆すのは、復讐戦の緒を切るためである。リュエデゲールがゲールノートに二つとない見事な剣を贈るのは、娘との婚約で縁戚となったブルグントの人々との親睦を更に深めたいためである。リュエデゲールは、贈った剣でなくても、いずれ、他の剣で討たれ、生き延びることはできなかったであろう。どの場合も表の行為に込められた裏の動機が掬いとられていない。行為は個々ばらばらになされるのではなく、それぞれに動機があって、綿々とつながって事件を形成しているのである。そして、綿々とつながる出来事が、人が生きることの実質を成している。

次いで、「この事実こそ嘆かわしい・忌々しい」と、現実に起きた事を否定する箇所を挙げる「彼らがかつてあの黄金のことを知ったあのときこそ、いまいましいかぎりです！」〔194-195〕、「クリエムヒルトがかつて高貴な生れのジーフリトの姿を目に留めたことを、人々がいまいましく思うのも当然でしょう」〔546-549〕、「ああ、わしがかつてグンテルとその家臣たちに迎えの挨拶をする事態となったことこそ、痛ましい！　事情が前もってわしに伝えられておれば、彼らはみな生き延びたであろうに」〔1211-1215〕、「あの日こそ忌まわしいことよ！わしがかつてベルネを立ち去ったあの日こそ！」〔1744-1745〕、「あの祝宴こそ、ああ、いまいましい！　エッツェルがそもそもあの祝宴を企画したことが、ああ、呪わしい！」〔3344-3345〕、「かつてハゲネの母がハゲネを産んだこと、そのことこそ神に嘆き訴えられねばならぬ！」〔3420-3421〕、「ああ、悲しいことよ、私がかつてあの高貴な生れのクリエムヒルトと出会ったことこそ！」〔3976-3977〕等々。

クリエムヒルトがヴォルムスを訪れたジーフリトの勇姿に一目惚れしたからこそ、プリュンヒルトがクリエムヒルトと出会って女の名誉をかけて言い争ったからこそ、ハゲネがこの世に生まれたからこそ、親愛・信頼・憎悪・欺瞞・謀殺・復讐・殺害・死亡の人間世界の出来事が織り成されるのであって、あの惨禍の回避を願うあまり、これらを忌々しいとしりぞけたのでは、『ニーベルンゲンの歌』そのものが成立しないことになる。つまり、事実忌避のこの手法は、このように極端に進めていくと、論理上、登場人物の否定とすべての出来事の否定につながり、最終的には、この世の存在を全否定する不毛な結論に達することになる。

12　詩人、成立年代、写本、詩形式、題名

『哀歌』の詩人は、不詳であるが、キリスト教倫理をもとに『ニーベルンゲンの歌』の出来事を裁断していることから、聖職者だろうと推測できる。パトロンはおそらく同一人物であろうが、詩人は『ニーベルンゲンの歌』の詩人でないことは確かである。あの惨禍の捉え方が余りにも違い過ぎる。詩人は、パトロンの依頼を受けた、詩才のある聖職者であろう。

成立年代は、「生まれたばかりの野生児にキリスト教の法衣を着せ掛けている」という訳者独自の推測をもとに判断すれば、『ニーベルンゲンの歌』本体の成立した直後、遅くても本体が公に世に知られる前、一二〇四年頃かその数年後であろう。『ニーベルンゲンの歌』の三大写本にそれぞれの独自の『哀歌』が付属している事情から推測して、また、『哀歌』の『ニーベルンゲンの歌』解釈の一方的な姿勢から推して、その原本は、本体の誕生直後に、時をおかず、急いで書き足されたのであろう。

あるべきはずの埋葬の儀式がないという空虚感だけが理由なら、本体誕生から数年後の作業とも考えられる。しかし、『哀歌』の『ニーベルンゲンの歌』解釈は、そのような消極的な理由だけではすまないほどに緊急で断定的な面がある。よって、この説を訳者は採らない。

写本について　全部で十一本ある完全な『ニーベルンゲンの歌』の写本には、二本を例外として、『哀歌』が接続されている。『哀歌』が付いていない『ニーベルンゲンの歌』の写本は、ウィーンの写本kとダルムシュタットの写本nの二つだけである。これらはいずれも十五世紀に成立したものである。もうこの頃には『哀歌』が無視されていたことが分かる。『哀歌』の写本は、完本九、断片五の十四本が知られている。完全な写本名は、A, B, C, D, J, a, b, d, h　断片の写本名は、G, N, P, S, U　大文字の写本は羊皮紙に、小文字のそれは紙に書かれている。

詩形式について　『ニーベルンゲンの歌』は、独特の長詩形で書かれている。1詩節は長い4行から成っていて、

第1行目と第2行目、第3行目と第4行目、それぞれに同じ音で終っている。脚韻が踏まれていて耳に心地よく響く。更に、その各行は中間休止によって前段と後段に分かたれる。二分された半行は、揚音と抑音を1拍節とする4拍節から成っている。これによって高低・強弱の音の1組が繰り返されるので、山から谷へ、谷から山へ、とリズムが生じ、朗詠は流れに乗る。このような4行から成る独立した詩節が、写本Bの普及版では、全部で２３７９詩節つらなって、雄大な英雄叙事詩が形成されている。今は伝えられていないが、楽器の伴奏を基とする普及版を伴う一定のメロディーにのって朗誦され、聴衆は耳に心地よい韻律の音として鑑賞する詩形となっている。

一方、『哀歌』の詩形は、1行に4揚音をもつ短詩形で書かれ、第1行目と第2行目の終わりは同じ音で終わり、第3行目と第4行目の終わりは、また、別の同じ音で終わる。つまり、2行ごとに脚韻が踏まれる。これが途切れることなく続く。事実を語る朗読には向いているが、朗詠には向いていない。写本Bではこれが４３６０行に及ぶ。

『ニーベルンゲンの歌』はその素材を世人の間に代々言い伝えられてきた民間伝承に求めており、一方、『哀歌』は由緒正しいラテン語の原典に拠っている、としている。しかし、これはあくまでも建前であって、リーネルトが的確に指摘しているように、「›ニーベルンゲンの歌‹の見せかけの口承性 die scheinbare Mündlichkeit des ›Nibelungenlieds‹、›哀歌‹の装われた書記性 die fingierte Schriftkeit der ›Klage‹」が実体である〔Elisabeth Lienert: DIE NIBELUNGENKLAGE S. 40〕。両者とも、口伝えであれ、書かれたものであれ、集められ得るものをすべて集めてその素材としたであろうが、『ニーベルンゲンの歌』はその朗詠に適性の「口伝え」を、『哀歌』はその史実を保証する「書かれたもの」を表看板に掲げて作品の特性としている。

ザンクト・ガレン本（写本B）では、エッツェル王の顛末記が後ろに移されているので、最後とはなっていないが、本来の最後の一行であるべきところに、逐語訳すれば、「この歌の名は〈嘆き〉という」となる、原文 ditze liet heizet diu klage.〔４３２２〕が置かれている。原語 klage は「人の死を嘆き悼むこと」の意であるので、これを受けて従来「哀歌」と訳されている。葬儀の場面を欠く『ニーベルンゲンの歌』を補足するには適切な題名である。しかし、作品『哀歌』は、klage「嘆き」に留まらず、『ニーベルンゲンの歌』の出来事を語り直し、コメントを加えることに多くを割いている。『哀歌』は、「内容」では『ニーベルンゲンの歌』からの独立を強調しいている。

更に、ザンクト・ガレン本（写本B）では、この題名が、『ニーベルンゲンの歌』が終わり、『哀歌』が始まるところに、麗麗しく掲げられているわけではない。実際は、『哀歌』は、まるで『ニーベルンゲンの歌』の一歌章であるかのごとく、目立たないように後続している。「外形」ではこれに従属している。

13 『哀歌』の補足とさわり

『哀歌』は『ニーベルンゲンの歌』の欠如の部分を補っている。『ニーベルンゲンの歌』では、ディエトリーヒのアーメルンゲン勢は、恩義を受けている辺境伯リュエデゲールの遺体の引き渡しをめぐって、主君ディエトリーヒがそれと知らぬ間に、ブルグント勢と戦いに入る。しかし、その恩義がどのようなものであるのか、具体的なことは一切分からない。この欠如の部分を『哀歌』が詳細に物語っている〔1973−2029〕。エッツェル王の激怒を買って命が危なくなった亡命の身のディエトリーヒを、リュエデゲールは身命を賭して彼を庇い助けている。ディエトリーヒの家臣たちが、リュエデゲールは戦死したが、せめてその遺体を引き取り弔いたいと、ブルグント勢に懇願するのも、むべなるかなと思われる。

『哀歌』の詩人は、権威ある原典に拠って正確な修史を物する姿勢を貫くが、ただ一箇所、登場人物の内面に分け入って、その苦悩をまざまざと描いてみせる場面がある〔2807−3102〕。主君辺境伯リュエデゲールの戦死を秘せ、と厳命されて、故国べヒェラーレンへ送り返される辺境伯の騎士見習い七名の心の葛藤のさま、悪夢に辺境伯の死を予感する夫人と娘の不安におののく心情、これらが活写されて、文学的興趣を盛り上げている。

14 『哀歌』の二つの存在意義

当時のキリスト教社会に『ニーベルンゲンの歌』をすんなりとデビューさせるには、それなりの工夫が必要であった。キリスト教の倫理によって『ニーベルンゲンの歌』の出来事を解釈する『哀歌』を書き足し、本体『ニーベルンゲンの歌』の非キリスト教性を和らげる、この作業が必要不可欠であった。こうして『哀歌』付き『ニーベルンゲンの歌』は、つまり、写本「ニーベルンゲン物語 Nibelungenbuch」は、日の目を見ることとなった。『哀歌』あってこその『ニーベルンゲンの歌』である。

一二〇四年ごろ、『哀歌』を書き足した上で、『ニーベルンゲンの歌』を世に出したにもかかわらず、早や一二三〇年代の初めのころには、『クードルーン』が書かれる。新約聖書の「汝の敵を愛せよ」の教えどおり、赦しと和解と和平のうちに終わる、この作者不詳の英雄叙事詩は、アンチ『ニーベルンゲンの歌』であり、これに対する返答である。『ニーベルンゲンの歌』の激越さと当時の社会とのずれを危惧して『哀歌』を書き足たせたパトロンの読みは当たったことになる。

『哀歌』は『ニーベルンゲンの歌』のデビューを助けたが、一方、その存在が本体の特性を際立たせる作用をなすこととなる。クリエムヒルトは、前夫ジーフリトへのまことという一点において、その所業すべてが赦されて天国へ昇り、ハゲネはすべての人に糾弾されて悪鬼となり、異教徒の国は滅亡するが、キリスト教の国々は再興する、このようなあまりに教条的な基本構想は、その単純明確さゆえに、却って、『ニーベルンゲンの歌』の激越さと複雑さを浮かび上がらせている。この叙事詩の出来事をキリスト教の倫理観で裁断する『哀歌』は、受容者に本体の叙事詩の生の奔放さを、あらためて、想起させ、実感させる。影を伴って、本体はいっそう輝きを増す。

主要な人名・地名表

人名と地名の表記は、原則として、原文の中期高地ドイツ語表記に従う。ただし、現代ドイツ語表記が広く知られ、読者に理解され易いものは、こちらを用いる。以下、太字は翻訳で用いている表記、（　）内は現代ドイツ語表記を表す。

アーメルンゲン（アーメルンゲン）　ディエトリーヒを王とする彼の生国の人々。
アルツァイエ（アルツァイ）　ヴォルムス近郊のフォルケールの所領。
イザルデ（イザルデ）　ウィーン大公の令嬢。
イーリンク（イーリング）　デネマルクのハーワルト王の家臣。ハゲネと戦い討ち死にする。
イルンフリト（イルンフリート）　テューリンゲンの方伯。フォルケールに討たれる。
ウィーン（ヴィーン）　エッツェル王の所領。
ウオテ（ウーテ）　ダンクラートの王妃。グンテルらブルグント国の三兄弟王とクリヒルトの母。パッサウの司教ピルグリームの妹。ロルシュに住む。
ウォルフウィーン（ヴォルフヴィーン）　ヒルデブラントの甥、ディエトリーヒの城伯。
ウォルフプラント（ヴォルフプラント）　ディエトリーヒ王の家臣。

ヴォルフハルト（ヴォルフハルト） ディエトリーヒ王の勇猛な家臣。ヒルデブラントの甥。
ヴォルムス（ヴォルムス） ライン河の左岸にある、ブルグント王家の都。
エッツェル（エッツェル） ボテルンクの息子、フン族の国王。ヘルヒェの夫。クリエムヒルトと再婚。
エルゼ（エルゼ） バイエルンの領主。
オルトリエプ（オルトリープ） エッツェル王とクリエムヒルトの幼い王子。ハゲネに首を刎ねられる。
ギーゼルヘル（ギーゼルヘァ、ギーゼルヘール） ダンクラートとウオテの末っ子。クリエムヒルトの弟。辺境伯リュエデゲールの娘ディエトリントと婚約する。
クリエムヒルト（クリームヒルト） ダンクラートとウオテのただ一人の王女。ジーフリトの妻。エッツェル王と再婚。前夫ジーフリトの復讐をなす。ヒルデブラントに殺される。
グンテル（グンター） ダンクラートとウオテの長男。ブルグント国の王。プリュンヒルトの夫。
ゲールノート（ゲールノート） ダンクラートとウオテの次男。クリエムヒルトの兄。
ゴテリント（ゴテリント） ベヒェラーレンの辺境伯リュエデゲールの妻。ディエトリーヒの従妹。ディエトリントの母。
コンラート（コンラート） 司教ピルグリームの書記の長、マイスター・コンラート。
ジゲスタップ（ジーゲシュタープ） ディエトリーヒ王の重臣。ベルネの公。
ジゲムント（ジークムント） ニーデルラントの王。ジーフリトの父。
ジゲリント（ジークリンデ） ジーフリトの母。
ジーフリト（ジークフリート） ニーデルラントの王子。クリエムヒルトの夫。ハゲネとグンテルに謀殺される。
ジンドルト（ジンドルト） ブルグント王家の献酌侍臣。
スウェメル（スヴェメル） エッツェル王の楽人。悲報の使者となる。

ダンクラート（ダンクラート）　グンテルらブルグント国の三兄弟王とクリエムヒルトの父。
ダンクワルト（ダンクヴァルト）　ハゲネの弟。ブルグント王家の主馬頭《しゅめのかみ》。
ディエトリーヒ（ディートリヒ）　北イタリアのベルネの都を追われ、家臣六百名とともにエッツェル王のもとに亡命している。
ディエトリント（ディートリント）　辺境伯リュエデゲールの娘。ギーゼルヘルと婚約。
デネマルク（デーネマルク）　デンマーク。エッツェル王のもとに亡命しているハーワルト王とその封臣イーリンクの故国。
トロネゲ（トロニェ）　ハゲネの所領。「トロネゲのハゲネ」と呼ばれる。
ハゲネ（ハーゲン）　ブルグント王家の親族。重臣中の重臣。ジーフリト殺害の下手人。
ハーワルト（ハーヴァルト）　エッツェル王のもとに亡命しているデネマルクの王。
パッサウ（パッサウ）　ドナウ河にイン川の流れ込む所、司教ピルグリームの司教座の所在地。
ヒルデブラント（ヒルデブラント）　ディエトリーヒ王が右腕と頼む、武の師の老将。ウォルフハルトの伯父。クリエムヒルトを殺す。
ピルグリーム（ピルグリム）　パッサウの司教。ウオテの兄。グンテル、ゲールノート、クリエムヒルト、ギーゼルヘルの伯父。
フォルケール（フォルカー）　ブルグント王家の家臣。ヴァイオリン奏者にして武人。ハゲネの無二の戦友。「アルツァイエのフォルケール」と呼ばれる。
プリュンヒルト（ブルーンヒルト）　グンテル王の王妃。義妹クリエムヒルトと対立する。
ブルグント（ブルグント）　グンテルら三兄弟王が統治する王国とその一族の総称。
ブレーデル（ブレーデル）　エッツェル王の弟。ダンクワルトに討たれる。
ヘルヒェ（ヘルヒェ）　エッツェル王の最初の王妃。諸侯の娘の教育に当たる。
ヘルラート（ヘルラート）　エッツェル王の王妃ヘルヒェの妹と王ネントウィーンの間に生れた王女。ディエトリーヒ王の婚約者。諸侯の娘の教育に当たる。

ベヒェラーレン（ベヒェラーレン）　辺境伯リュエデゲールの居城のある城市。

ベルネ（ベルン）　ヴェローナ。ディエトリーヒ王の追放前の領地。スイスのベルンではない。

ヘルプリーヒ（ヘルフリヒ）　ディエトリーヒ王の家臣。

ボイムント（ボイムント）　リュエデゲールの忠実な愛馬。

ボテルンク（ボテルング）　エッツェル王の父。

ニーベルンゲン（ニーベルンゲン）『ニーベルンゲンの歌』の前編ではニーベルンゲンの宝の本来の所有者とその家臣たちを、後編ではブルグント国の人々を、表示する。

リュエデゲール（リューディガー）　エッツェル王の辺境伯。ゴテリントの夫。ベヒェラーレンに居城がある。娘はギーゼルヘルと婚約する。ゲールノートと相討ちとなって死ぬ。

ルーモルト（ルーモルト）　ブルグント王家の大膳職。グンテルらのフン族の国への旅立ちに反対する「ルーモルトの勧め」をなす。

ロルシュ（ロルシュ）　ヴォルムスの東十キロほどの、母后ウオテの住む地。

使用テキスト・参考文献

底本のテキストおよび注釈

1 Sankt Galler Nibelungenhandschrift (Cod. Sang. 857) Herausgeber: Stiftsbibliothek St. Gallen Basler Parzival-Projekt CD-ROM 2003

2 Joachim Heinzle: Das Nibelungenlied und die Klage nach der Handschrift 857 der Stiftsbibliothek St. Gallen Deutscher Klassiker Verlag Berlin 2013

3 Elisabeth Lienert: DIE NIBELUNGENKLAGE Mittelhochdeutscher Text nach der Ausgabe von Karl Bartsch Einführung, neuhochdeutsche Übersetzung und Kommentar von Elisabeth Lienert Ferdinand Schöningh Paderborn・München・Wien・Zürich 2000

以上の三点を底本とし、原文を比較考証しながら翻訳する。以下の現代ドイツ語訳と文献も常時参照する。

4 Albrecht Classen: DIU KLAGE mittelhochdeutsch-neuhochdeutsch Einleitung, Übersetzung, Kommentar und Anmerkungen Kümmerle Verlag Göppingen 1997

5 Joachim Bumke: Die vier Fassungen der ›Nibelungenklage‹ Untersuchungen zur Überlieferungsgeschichte und Textkritik der höfischen Epik im 13. Jahrhundert Walter de Gruyter・Berlin・New York 1996

6 Joachim Bumke: Die ›Nibelungenklage‹ Synoptische Ausgabe aller vier Fassungen Walter de Gruyter・Berlin・New York 1999

7 Karl Bartsch: DIU KLAGE mit den Lesarten sämtlicher Handschriften Wissenschaftliche Buchgesellschaft Darmstadt 1964

8 Anton Edzardi: DIE KLAGE mit vollständigem kritischen Apparat und ausführlicher Einleitung Unter Benutzung der von Fr. Zarncke gesammelten Abschriften und Collationen Carl Rümpler Hannover 1875

9 Ursula Schulze: Das Nibelungenlied Universal-Bibliothek Nr. 17604 : Literaturstudium Philipp Reclam jun. Stuttgart 1997

日本語文献

1 山本 潤「記憶」の変容 『ニーベルンゲンの歌』及び『哀歌』に見る口承文芸と書記文芸の交差 多賀出版 2015

なお、Wikipedia の Nibelungenklage の概説をはじめとして、インターネットより多くの情報を得たことを付記しておく。

辞 書

1 Matthias Lexer: Mittelhochdeutsches Handwörterbuch, S. Hirzel Verlag, Leipzig 1872〔SANSHUSHA VERLAG TOKYO 1970 を用いる〕

2 G. F. Benecke / W. Müller / F. Zarncke: Mittelhochdeutsches Wörterbuch I-III Leipzig 1863〔Bearbeitet von Wilhelm Müller und Friedrich Zarncke S. HIRZEL Wissenschaftliche Verlagsgesellschaft Stuttgart 1990 を用いる〕

3 伊東泰治・馬場勝弥・小栗友一・松浦順子・有川貫太郎『中高ドイツ語小辞典』同学社 1991

あとがき

翻訳は原典を深く読み込むには二つとない効果的な作業である。中高ドイツ語の原文を数行ずつカードに書き写し、先ず定動詞を押さえて一文を文法的に解体し、代名詞があればその指示する語を探し、接続法に出会えばその用法を検討し、粗い逐語訳を作る。文脈を考慮しながらこれを滑らかな文へと手直しする。邦語だと微妙な語感が働くので、訳文の確定に手間取る。あれこれと迷うなかで、また原文に戻る。隔靴搔痒の感のある異国の古い単語に迷いは深まる。ふりだしに戻る。このような行きつ戻りつを、『哀歌』の終わり４３６０行目まで繰り返した。すると、自ずと読みは深くなり、自分なりの解釈が固まり、「解説」の核が生成してくる。

本来、写本「ニーベルンゲン物語」は『ニーベルンゲンの歌』が四分の三強、『哀歌』が四分の一弱の分量から成り立っているのに、従来、『ニーベルンゲンの歌』のみが持てはやされ、続編の『哀歌』は無きが如く扱われてきた。その理由の一つには、『ニーベルンゲンの歌』が最後の一行で「物語はここに終わりを告げます。これがニーベルンゲンのさだめであります」と終わりを告げ、『哀歌』が最初の一行で「ここに一つの物語が始まります」と始まりを記して、それぞれの詩人がはっきりと区切りを宣しているからである。受容者が二つは別々の作品であると認識するよう、写本自体が指示しているようなものである。

だが、根本の理由は、『ニーベルンゲンの歌』は文学的興趣に富み、『哀歌』はそれに欠けるからである。『哀歌』の詩人は、キリスト教の倫理観で『ニーベルンゲンの歌』の出来事に裁断を下すことを主目的としており、文学的興趣には最初から重きを置いていない。詩人は、正確な修史を物する書記的姿勢を保持して、メルヘンチックなジーフリトの活劇も、復讐の意志のクリエムヒルトと運命に逆らってでも帰還を果たさんとするハゲネとの丁々発止の舌戦も、ともかく、人情の機微に触れるような言動は一切取り上げず、因果を削ぎ落した事実のみを述べ、解釈していく、しかも、キリスト教の教義に副って。『哀歌』は文学的価値が低いとは、本来、的外れの評価なのである。

このキリスト教倫理観による解釈が、本体『ニーベルンゲンの歌』の特異性を逆に照射している。受容者は、『哀歌』を通して、本体の生の奔放さとその運命的滅亡を改めて思い知る。また、パトロンは、『哀歌』を書き足させて、本体をキリスト教全盛の中世の社会に登場させた。『哀歌』あっての『ニーベルンゲンの歌』なのである。

さて、こういう存在意義をもつ『哀歌』は当時どれくらい朗読されたり読まれたりしたのであろうか。葬儀・埋葬のない空虚感が満たされるのではないかとの期待感から読み進めていた受容者も、やがて、余りにも教条的な解釈に飽き飽きして、ちょうど、十一世紀のバンベルクの司教が宗教的なものより英雄叙事詩に興味をそそられたように、読み続ける意欲が萎えてしまう、そんなこともあったかも知れない。それでも、『ニーベルンゲンの歌』の写本に、それぞれ独自の『哀歌』の写本が書き足されなければならなかった。なにがなんでも『哀歌』が接続されねばならなかった理由は何であったのか。文学的興趣に乏しいと、従来切り捨てられてきた『哀歌』は、『ニーベルンゲンの歌』本体の社会的位置と深く関わっており、その存在意義は深く大きい。『哀歌』から『ニーベルンゲンの歌』を見返えれば、思わぬ景観に出会えることになる。

この度、『哀歌』の本邦初の翻訳書を世に問うことができることをうれしく思います。広くみなさまのご批判をいただければ幸甚に存じます。出版の機会を与えて下さった鳥影社に心より感謝申し上げます。

二〇二一年（令和三年）晩秋　　岡﨑忠弘

〈訳者紹介〉

岡﨑　忠弘（おかざき　ただひろ）

1938年鹿児島県生まれ。

広島大学大学院文学研究科博士課程中退。言語学専攻。広島大学名誉教授。

職歴：近畿大学、北海道大学、広島大学。

1976年フンボルト財団奨学生としてハイデルベルク大学留学。

訳書：『ニーベルンゲンの歌』（鳥影社、2017年）

主要論文：「Der Nibelugen Nôt における否定表現の研究－否定詞 neの衰退の様態について」〔第13回ドイツ語学文学振興会奨励賞受賞〕

「ジークフリートの挑発をめぐって」

「Welche Bedeutung hat der Nibelugenschatz?」

ニーベルンゲンの哀歌

定価（本体2800円+税）

2021年12月10日初版第1刷印刷
2021年12月16日初版第1刷発行
訳　者　岡﨑　忠弘
発行者　百瀬精一
発行所　鳥影社 (www.choeisha.com)
〒160-0023 東京都新宿区西新宿3-5-12トーカン新宿7F
電話 03-5948-6470, FAX 0120-586-771
〒392-0012 長野県諏訪市四賀229-1（本社・編集室）
電話 0266(53)2903, FAX 0266(58)6771
印刷・製本　モリモト印刷

ISBN978-4-86265-941-5 C0097